音乐故事

罗曼·罗兰 著

冷 杉 代 红

诺贝尔文学奖获奖者散文丛书

［青少年版］

江苏文艺出版社
JIANGSU LITERATURE AND ART
PUBLISHING HOUSE

图书在版编目（CIP）数据

音乐故事 / （法） 罗曼·罗兰（Rolland,R.）著；冷杉，代红译. — 南京：江苏文艺出版社，2012.9
（诺贝尔文学奖获奖者散文丛书：青少年版）
ISBN 978-7-5399-5473-8

Ⅰ. ①音… Ⅱ. ①罗… ②冷… ③代… Ⅲ. ①散文集－法国－现代 Ⅳ. ①I565.65

中国版本图书馆 CIP 数据核字(2012)第 177120 号

书　　名	音乐故事
著　　者	（法） 罗曼·罗兰（Rolland,R.）
译　　者	冷 杉 代 红
责任编辑	孙金荣
出版发行	凤凰出版传媒集团 凤凰出版传媒股份有限公司 江苏文艺出版社
集团地址	南京市湖南路 1 号 A 楼，邮编：210009
集团网址	http://www.ppm.cn
出版社地址	南京市中央路 165 号，邮编：210009
出版社网址	http://www.jswenyi.com
经　　销	凤凰出版传媒股份有限公司
印　　刷	江苏凤凰通达印刷有限公司
开　　本	652×960 毫米　1/16
印　　张	12
字　　数	105 千字
版　　次	2012 年 9 月第 1 版　2012 年 9 月第 1 次印刷
标准书号	ISBN 978-7-5399-5473-8
定　　价	20.00 元

目　录

亨德尔

人们习惯叫他“大熊”。他个头高大，虎背熊腰，肥肥硕硕，粗手大脚，四肢粗壮。他的手肥胖得露不出筋骨，反而出褶子。他走路罗圈腿，步伐沉重而滚动，身板儿挺得笔直，戴着巨大白发头套的脑袋朝后昂着，发套上的缕缕发卷儿呈波浪形，沉甸甸地披在肩头上。他长着一张长长的马脸，随着年龄增长变成牛形，并逐渐被脂肪淹没。他的双颊悬垂，下巴有三层厚，鼻子笔直粗大，耳朵又粉又长。他的眼神儿发直，大胆的眼睛里透着探询而嘲弄的目光，形状优美的大嘴角儿浮现出讥讽的皱纹。他的神情快活感人。伯尼说：“当他微笑时，他那严峻坚毅的面容透射出智慧和机敏，像从云中探头的阳光。”

他充满幽默感，具有“狡黠的假天真”，虽然自己板着脸不笑，但让最严肃的人听了都大笑不止。讲故事谁也没他讲得好。他讲述身边琐事的方式与众不同，眉飞色舞地把它们讲得很逗。假若他的英语讲得同斯威夫特一样好，那么他的机智俏皮话定会多得不在他之下，并且与他同类。但若"真想享受他讲的故事，你差不多必须得懂四种语言：英语、法语、意大利语和德语，因为他把它们搀和起来一齐讲。"

这种多语混合既归因于他年轻时像个流浪汉似地游遍西欧各国，又出自他急躁的天性，回答问题或反驳时不顾语种，抓住手头现成的词就用。他像柏辽兹那样嫌常规的记谱法太慢，而需要用一种速记法来跟上自己喷涌的乐思。他创作大型声乐作品时，一开始先把所有声部的主题(动机)都完整写出来，然后一边进展一边先丢掉一个声部，接着把另一个声部撇在一边，最后只保留一个声部，甚至会只以低音部结束；他会一口气把已开始的作品写到底，然后推迟一阵儿再把整部作品完成。一首曲子刚写完他就会紧接着写下一首，有时同时写两三首。

他绝对不会有格鲁克那样的耐心；后者在动笔之前，先把他歌剧的每一幕都过一遍，然后把全剧串起来；这样通常要花去他"——他这样对科兰切斯(Corancez)说——一年的时间，还不算这中间常常生一场大病。"亨德尔通常是在不知剧情怎样发展下去的情况下先把头一幕写出来；有时给一幕谱完了曲，下一幕的歌词还没有写出来呢。

他的创作欲强烈得使他常常与世隔绝，闭门造车。霍金斯说："他绝不允许自己被任何没用的来访打断。为了把不断充塞进脑子的乐思及时释放出来，他总是迫不及待地把自己关起来闭门造车。”他的大脑没有闲着的时候，无论做什么事情，他都投入得忘了周围的环境。他有边思考边大声唠叨的习惯，所以谁都知道他在想什么。他创作时一会儿兴高采烈，一会儿涕泪交加！他在谱写咏叹调“他被人瞧不起”（He Was Despised）时嚎啕大哭。希尔德说：“我听说他仆人早上给他端来热可可时，经常吃惊地见到主人正在哭泣，泪水弄湿了他正在写的纸张。”在谈到《弥赛亚》中的大合唱“哈利路亚”的创作时，他本人引用了圣保罗的话：“我创作它时也不知道自己是在我体内还是在我体外。只有上帝清楚。”

这一大团肥肉在发怒时气得乱抖。他会一句接一句地诅咒。在乐队里，“当乐师们见到他那硕大的白色假发套颤抖时他们也跟着发抖。”当他的合唱团不专心时，他朝他们大喊“合唱队！”的方式特别恐怖，会把听众吓一大跳。甚至当着威尔士亲王的面在卡尔顿宫排练他的清唱剧时，只要亲王和公主不准时驾到，他就会马上露出不满。要是宫廷的贵妇淑女敢在演出过程中聊天，他会不光咒骂，而且气得点她们的名。遇上这样的时候，公主就会用她惯常的纵容说：“嘘——嘘！亨德尔发火了！”

他虽发火，但没有恶意。伯尼说：“他虽然粗鲁专横，但完全没有恶意。火发得再大，他也会搞出点新鲜名堂，加上他那口蹩脚的英语，使他的发火变得极其可笑。他像吕利(Lully)和格鲁克那样,具有支配别人的天赋;但他也像他们那样,把这种压制一切反抗的暴躁性情同机智的好心肠融于一身,使他既能伤了别人的自尊心,又能想出点子巧妙地愈合这种伤口。在排练中他是个独断专行的人;但他的评语,甚至斥责总是透着极其滑稽的幽默。"有一阵子,在伦敦演歌剧成了佛斯蒂娜(Faustina)的支持者和库佐妮(Cuzzoni)的支持者之间的一场大战,这两位歌剧女皇在由威尔士公主赞助的一场演出中间可以在观众大喊大叫的助威声中互相扯对方的头发。科利·吉伯(ColleyGibber)写过一个笑剧,描述了这场历史上的打架斗殴,并把亨德尔描写成在这场闹剧中惟一不动声色的人,他说:"我认为,应该让她们在心平气和中争出个优胜劣汰。如果你插手横加干涉,这无异于火上浇油。等她们打累了,火气自然就慢慢消了。"为了让这场火并早点结束,他吩咐手下猛敲定音鼓。

就算他大发雷霆,也给人感觉他好像在窃笑。所以,当脾气暴躁的库佐妮拒不演唱他的一首曲子时,他就抓住她的腰,把她拥到窗前,一边威胁要把她扔到街上去,一边笑着逗弄她说:"好啦,夫人,我很清楚您素来是个女妖;但我要让您认识到我是别西卜,是魔鬼之王!"

他享受了一辈子的自由。他讨厌一切束缚,躲避所有的官方任命,所以我们讲不出多少他给皇室千金当家庭教师的事;那些重要的宫廷乐职和丰厚的俸禄即使在他归化为英国公民之后也从没降临到他身上，而是授与了平庸的作曲家。他根本不屑于参与这等事情；谈到他的英国同事时，他会带着蔑视讥笑挖苦。除了音乐外，他所受教育不多，所以他瞧不起学院派和学院派音乐家。他不是牛津大学博士，虽然这个学衔被授与了他。据说他为此这样抱怨："真是活见鬼！难道非要我花钱去跟这帮白痴一般见识吗？这辈子休想！"

后来在都柏林，有一张布告称他为"亨德尔博士"。他对出此错误很恼火，马上请人在节目单上作了订正，改为"亨德尔先生"。

他虽然对名誉远远没有做到不屑一顾（比如他在自己的遗嘱里用很长篇幅谈到将在西敏寺举行的自己的葬礼，并认真限定了树立自己的墓碑所花费的开销），但对于评论家的意见他肯定是没有好感的。马特松（Matthewson）从他那儿怎么也弄不来写他的传记所需要的材料。他那卢梭一般的举止使那些奉承者恨他恨得心里直痒痒。那些总爱纠缠艺术家、令其厌烦但又不敢言的上层人士对亨德尔总与他们保持距离的傲慢和不圆通态度忿恨有加。1719 年，陆军元帅弗莱明伯爵给亨德尔的一名学生德·舒伦堡小姐写信道：

"小姐！我一直希望同亨德尔先生讲话，并很想代表您向他表示一点敬意，但至今没有机会。我说出您的芳名，想诱使他光临我的府邸，但他不是不在家就是生病。

我觉得他真是疯得不轻；考虑到我同时是个音乐家，他也不该这样待我呀……我很自豪能成为您最忠实的奴仆之一，小姐，您这位最讨他喜欢的他的学生；并愿意将这一切告诉您，好使您反过来给您的老师上几课。”

1741年，一封匿名信寄到伦敦的《每日邮报》，谈到“许多有地位有影响的绅士”对亨德尔对待他们的态度“公开表示不满”。

除了把自己的一部歌剧《拉达米斯托》(Radamisto)题献给英王乔治一世之外(而这也是在不失尊严的情况下做的)，他从来都反对在富人庇护之下作曲这种屈辱但获利的习俗。只是到了贫病交加、山穷水尽的境地，他才下决心举行一场“义演”音乐会；如他所说，这是“时髦的变相要饭”。

从1720年到1759年他逝世为止，他一直没完没了地同社会发生冲突。同吕利一样，他掌管着一家剧院，指导着一所音乐学院，并寻求改革——或组成——一个国家(英国)的音乐风格。但他从没有像吕利那样控制住局面，因为吕利是法国音乐的绝对君主；既便亨德尔依靠了英王的恩宠(他确实得到了)，这恩宠对他的重要也远不如它对吕利的重要来得大，这是因为，他身在一个其人民不会那么驯顺地服从皇室命令的国家，一个国民不愿意受制于国家的国度；一个具有批评精神和难驾驭性情的自由国家。这个国家除了对极少数人例外，对一般外国人都怀有敌意。而他亨德尔是个外国人(德国人),庇护他的汉诺威英王也来自德国,所以国王的庇护与其说让他受益,不如说更让他受害。

他被一群獠牙利爪的叭喇狗所包围,被一群五音不全但同样会咬人的文人所包围,被妒忌他的同行,目空一切的演奏(唱)大师、吸人血的戏剧公司、上流社会的小集团、女人的圈套和民族主义的社团所包围。他成了越来越无法摆脱的财政困境的牺牲品,囊中羞涩,手头拮据,还被迫不断写出新作品来满足欲壑难填但对一切都无真兴趣的公众的好奇心,还得努力抗衡丑角戏和滑稽表演的竞争。他被迫不停地写啊写;不像吕利那样:悠哉游哉地一年只写一部歌剧,而是常常一个冬天就写出两到三部,还不算他被迫要排练并指挥的许多其他作曲家的作品。试问还有哪位天才曾像他这样连续猛干了二十年呢?

他在这永无止境的冲突中从不使用让步、妥协和出于慎重考虑的权宜之计等手段;对谁他都不搞这一套,无论他(她)是名角女伶,及其贵族主子也好,还是舞文弄墨者及那些小集团也罢(这些人惯于利用剧院和艺术家的成败荣辱来为自己谋利)。他靠孤军奋战来抵抗伦敦的权贵。这场"战争"既艰苦又残酷,他的敌人又打得很不正大光明;为了把他整垮,他们不择手段。

1733 年,经过在伦敦的报纸上和客厅里长期交战后,他的敌人策划搞了个阴谋：让他上演他首批清唱剧的那些音乐会冷场。他们成功了；人们已经在兴高采烈地盛传，说这个垂头丧气的德国佬就要返回自己的国家了。到1741年，这个上流社会的阴谋小集团甚至雇用了一些街头流浪儿去撕毁在户外到处张贴的亨德尔音乐会的广告，并“绞尽脑汁不择手段地伤害他”。这时亨德尔本来是要离开英国的，但没想到爱尔兰人对他表示了同情，于是便接着在爱尔兰待了一年。1745年，这时他的所有传世佳作——《弥赛亚》、《参孙》、《伯沙撒》、《赫拉克勒斯》等——都已问世，那个阴谋小集团又蠢蠢欲动了，而且比以前更疯狂。波灵勃洛克和斯末莱特描述过，某些贵妇淑女硬要在亨德尔举行音乐会的那段时间举办茶会、招待宴会和戏剧演出（一般在大斋节）期间不举办这些活动，目的是要夺走他的观众。霍拉斯·沃尔浦尔[①]就特别津津乐道当时亨德尔一举办清唱剧音乐会人们就去看意大利歌剧的时尚。

总之，亨德尔给毁了；虽然他最终取得了胜利，但他的胜利已同艺术没什么关系。1746年他的时来运转同1813年贝多芬的境遇改变的性质一样；后者在为奋起反抗拿破仑的德国写了一组爱国歌曲《维托里亚战役》之后

① Horace Walpole，1717—1797，英国作家，以其可以概观当时社会政治情况、风俗情趣的三千多封书信等闻名。——译注

突然走红，而亨德尔则在写了《库罗登战役》和两部爱国清唱剧《特殊场合清唱剧》和《马加比》之后突然成了爱国诗人。从那时起他便节节收复失地，他的敌人也沉默不语了；他成了英国祖传遗产的一部分，英国的荣誉同他的名字联系在了一起。但即使从这以后英国不再妒忌他的名声，但她仍要他付出很大的代价；伦敦公众没让他死于贫困和屈辱就算很不错了。他曾两度垮台，一次在他的剧团倒闭后差点死于中风。但他总是顽强地又站了起来；他从不屈服。“他只需作出一点让步就会重振雄风；但他的性格使他绝不这么做。他仇恨一切可能限制他自由的东西，对任何损害他艺术荣誉的事他都拒不通融。他只想靠自己的实力取得成功，而不愿意把它记在别人账上；他不想欠别人什么。”一位英国漫画家画了幅他的漫画，下面的题目是《施魔力的野兽》；画的是他把一面上面写着“津贴，特权，高贵，恩宠”的旗帜踩在脚下。面对厄运，他像庞大固埃[①]那样放声大笑。他发现自己在一天晚上的音乐会上面对空荡荡的大厅时说：“这样我的音乐才更动听！”

* * * *

但这位天才暴跳如雷，支配欲强的性格又受到他高度自制力的控制。亨德尔无论怎样大悲大喜、喜怒无常，性

① Pantagruel，文艺复兴时期法国作家拉伯雷所著讽刺小说《巨人传》中的人物，性格粗野，爱戏谑。——译注

格深处的平静与稳健总占上风;这种情况有时在某些健康但晚婚夫妻生的孩子中常见。他毕生都在其艺术中保持了这种深层的宁静与平和。在他深爱的母亲寿终正寝时,他写出了轻松欢快无忧无虑的歌剧《波罗》(Poro)。在可怕的1717年,当他深陷厄运给折磨得死去活来时,却先后写出两部充满欢乐和身体活力的清唱剧:《亚历山大的盛宴》(Alexander's Feast)和《扫罗》;以及两部轻快有趣的歌剧:散发着田园气息的《朱斯蒂诺》和充满喜剧色彩的《瑟斯》。

……"La calma del cor, del sen, dell'alma,"——在宁静如画的《朱斯蒂诺》尾声有这么一句歌词。而此时亨德尔正被沉重的精神压力折磨得快要崩溃了!

由此那些反对心理学的人士可找到了理由,说了解一位艺术家的生平对于理解他的作品没什么帮助,因为两者是截然分开的。不过,这些人士可不要急于下结论;因为亨德尔的音乐独立于他的生平这一事实本身对于理解他的音乐就具有重要意义。处在水深火热中的贝多芬理应在他表现痛苦悲伤的作品中找到安慰,这种逻辑很容易被人理解。而同样是病人并极度焦虑的亨德尔竟然以创作表现欢乐和宁静的作品为安慰,这就让一般人很难理解了,说明只有具备了超凡心理平衡能力的人才能做到。怪不得正在为创作《第九交响曲》而冥思苦索的贝多芬会让亨德尔给迷住呢!他肯定会对亨德尔投去敬羡的目光，佩服他已达到了那种物我两忘的境界；而他贝多芬对此境界只能是可望不可及，至多做到以表现激烈的英雄主义而尽量接近它罢了。我们敬佩的正是贝多芬所做的这种努力；它的确很崇高。但是亨德尔赖以在这高山流水的境地上站住阵脚的那种宁静不也同样很崇高吗？看来人们已太习惯把亨德尔的平静看成是类似英国运动员的那种迟钝的冷漠了……

为了保持住心里的平静，他需要付出多大的精神努力和超人的毅力啊！对此谁也不会怀疑的。有时候，他的精神垮掉了，于是他那出众的身心健康马上就从根基上受到动摇。1737 年，亨德尔的朋友们相信他已永远丧失了理智。但这次危机在他一生中并非独一无二。1745 年，伦敦社会对他的敌视变得特别厉害，起劲攻击他的《伯沙撒》和《赫拉克勒斯》，结果使他二度破产，他又差点精神错乱。最近出版的亨德尔通信集使我们得以了解这段往事。沙福茨伯里伯爵夫人在 1745 年 3 月 13 日写道：

“我怀着亦忧亦喜的心情去看了《亚历山大的盛宴》。见到伟大而不幸的亨德尔时，我流下了羞愧的泪水；只见他垂头丧气，神情忧郁，双颊凹陷，坐在他已弹不动的拨弦古钢琴旁边。这情景使我悲伤地想，他已为音乐而耗尽了精力。”

同年 8 月 29 日，威廉·哈里斯牧师在致妻子的信里说：

“我在街上碰见了亨德尔。我叫住他并提醒他我是谁。这时他眉飞色舞，样子古怪，滔滔不绝地谈了许多自己不好的身体。”

这种状况持续了七八个月。同年10月24日，沙福茨伯里致信哈里斯：

“可怜的亨德尔看起来好一点了。尽管他的精神已完全错乱，但我还是希望他能彻底痊愈。”

他果真彻底痊愈了，当年11月就创作了《特殊场合清唱剧》（一译《应景神剧》），之后不久又创作了《马加比》。但我们看到，他已随时可能被病魔彻底吞噬。这位心智最健全的天才完全靠咬紧牙关不让自己倒下去，凭坚强的毅力不让自己的精神错乱，我们只能通过偶然的通信得知他的疾病发作。肯定还有许多其他病变我们不知道。事实上，亨德尔的平静包藏着巨大的情绪消耗。他的冷漠迟钝只是表面现象。

那些只看到他表面的人决不会理解他的；他们决不会窥透他那喜怒哀乐都很强烈、有时几乎走火入魔的心灵。但不管怎样，音乐对他来说是一块安静的净土；他不会允许自己纷乱无序的日常生活；介入这块净土。当他全身心投入其中时，他会不顾周围环境，而升入一种极度兴奋的幻境，恍如摩西的上帝和众先知出现在他的赞美诗和清唱剧中；或表现在当他的心里充满悲天悯人但又毫无多愁善感的时候。

在艺术上，他与歌德是同一类人——站在很高的境界，远远地审视自己的人生。我们现代人的那种多愁善感——那种以自鸣得意的轻率自我表现的多愁善感——在他们高尚的矜持和含蓄面前会很难为情。他们的艺术王国是变化莫测的世俗人生所无法接近的，其艺术主流在我们看来有时显得过于单调而划一。那里是极乐世界，是天堂；那里的灵魂远离尘世。是的，有人常为亨德尔这样表示遗憾；但在这位大师悲极生乐、否极泰来，处忧反而眉头舒展、心里坦然的音乐中，不也独有一道壮丽感人的风景么？

* * * *

像亨德尔这样完全活在艺术中的人是注定不会讨女人喜欢的；他也很少为她们而伤脑筋。虽说如此，女人仍是他最温暖的支持者和他最恶毒的敌人。那些英国小文人常常拿他的一位崇拜者取笑。此人以"奥菲丽娅"为化名，在他的《朱利尤斯·凯撒》(Julius Caesar)上演时送给他一顶月桂花冠，内附一首热情的小诗，称他为最伟大的音乐家及当时英国最伟大的诗人。在前面，我已提到过那些心怀敌意的名媛淑女起劲要把他整垮。亨德尔则对这些或捧或骂一概不睬，仍旧走自己的路。

他二十岁时在意大利有过几次短暂的恋爱，这些在他写的数首意大利大合唱里都有提到。传闻他在汉堡歌剧院乐队里担任第二小提琴手时也有过绯闻。他曾迷恋过自己的一位学生，是个大家闺秀。还想娶她。但那女孩儿的母亲宣布她绝不会同意女儿嫁给一个拉小提琴的。后来这个母亲去世了，亨德尔也出名了，有人暗示他现在此事该没障碍了。可他却说时过境迁，此一时彼一时，根据他的朋友施密特——此人是个好心而浪漫的德国人，喜欢演义历史——的说法，“那姑娘从此消沉下去，生病而死”。之后不久在伦敦，他又提出要同一位上流女子结婚；这次又是他的一位学生。但这位贵族小姐要求他放弃他的音乐职业。亨德尔一气之下，“同这个会禁锢他天才的女人绝了交。”霍金斯告诉我们：“他的社交能力不是很强，因此他很可能一辈子都是独身。据说他从没和女人有染过。”施密特比霍金斯更了解亨德尔得多；他说亨德尔不是不擅交际，而是他太渴求独立的性格，“使他害怕自己被别人控制，并担心脱身不得。”

他固然缺乏爱情，但懂得交友并珍视友谊。他激发了最感人的友情；他同施密特的友情使后者抛弃了他的国家和亲人，于 1726 年随他来英国定居，并从此跟随他左右，直到去世。他的有些朋友是当时的知识界精英，比如机智诙谐的阿巴思诺特医生[1]……亨德尔还对家庭怀有深厚虔敬的感情。这种感情伴他终生，并表现在他作品

[1] Arbuthnot，1667—1735，苏格兰讽刺作家和医生，著有《约翰·布尔的身世》等。——译注

中的人物身上，比如《所罗门》中的约瑟夫和那位慈母都是在这方面很感人的形象。

但是，他所能表达的最纯洁、高尚的感情还是他那热烈的博爱精神和慈悲心。在这个于十八世纪见证了旨在推动人类休戚关系的一次伟大运动的国度里，他是那些最真心投入扶助不幸者事业的人士之一。他的慷慨不仅仅限于帮助他所认识的这个或那个人（比如他以前的老师拉硕夫[Lachow]的遗孀），而且还持续大量地用于全社会的慈善事业，尤其是那两个对他特别有吸引力的团体：音乐家协会和育婴堂（弃儿医院）。

"音乐家协会"是伦敦的一群各方面的主要艺术家于1738年创办的一个行业团体，旨在扶助贫困的音乐家及其家庭。一位年老的乐师每周可收到十先令的补助费；乐师的遗孀则收到七先令。协会还负责把逝世的穷音乐家体面地安葬。亨德尔虽然自己已很拮据，但比他的同事慷慨。1739年3月20日，他倾其所有上演了《亚历山大的盛宴》，为音乐家协会募捐，同时加演了一首专为此次活动而写的风琴协奏曲。1740年3月28日，他在一生中最困难的情况下排演了《阿西斯和加拉蒂娅》及《圣塞西利亚节日颂歌》。1741年3月18日，他又举行了一场盛会演出（对他来讲是极其艰巨的任务），上演《诗人在节日》；除了盛大的布景和服装道具，还有五首由最著名的乐师演奏的独奏协奏曲（Concerti soli）。他把收到的绝大部分捐款都留给了音乐家协会。

至于育婴堂，是一位老水手托马斯·科兰姆在1739年发起创办的，“旨在救助和教育弃儿”。梅因瓦林(Mainwaring)写道：“可以这么说，它的成立和发展要归功于亨德尔。”1749年，亨德尔专为这所育婴堂谱写了优美的《育婴堂赞美诗》。1750年，他把一架风琴赠送给这家医院后，当选为院长。我们知道，他那首著名的清唱剧《弥赛亚》就是为募捐慈善事业而首演，并在之后几乎完全成为它的保留曲目的。1742年4月12日它在都柏林的首演就是旨在捐助穷人。这场音乐会的全部收益资助了“救助负债囚犯协会”、“穷人医院”和“布商医院”。1750年，经过一番周折，《弥赛亚》在伦敦演出成功后，亨德尔决定把它每年演出一次，以赞助那所育婴堂。即使在他双目失明之后，他还照旧指导这些演出。在1750年至1759(他逝世那年)之间，《弥赛亚》统共为这所育婴堂集资六千九百五十五英镑。为此亨德尔已禁止出版商沃尔什出版这部作品；所以《弥赛亚》直到1763年才首次出版。在此之前，亨德尔已把该作品总谱的一份抄件遗赠给了育婴堂。他还把另一份抄件赠给了都柏林的“救助负债囚犯协会”，允许它可以为了集资而尽量利用这份总谱。

对穷苦人的热爱激发亨德尔创作了一些最具特色的音乐，如《育婴堂赞美诗》中的某些段落就充满了感人的慈悲；以及在《葬礼赞美诗》的凯旋合唱中孤儿和弃儿们悲伤的呼唤；其尖锐纯净的嗓音在无伴奏情况下单独响起，表明了死去女王的仁慈。

在亨德尔临逝世前的某年，育婴堂的花名册上出现了一个叫“玛丽亚·奥古斯塔·亨德尔”的小女孩的名字，出生在1758年4月15日，是亨德尔把自己的名字给了这个弃儿。

* * * *

对他来说，行善才是真正的宗教。他热爱穷苦人心目中的上帝。

除此之外，他一点也谈不上严格意义上的虔诚。只是到了双目失明使他完全割断了同友人的联系，并且几乎完全与世隔绝之后，他才笃信起上帝来；而此时他也不久于人世了。霍金斯在他生命的最后三年里经常见到他认真地参加他的教区教堂——汉诺威广场上的圣乔治教堂——的礼拜仪式，跪在地上“摇头晃脑地表达他最热烈的虔诚”。在他病入膏肓时，他说：“但愿我死在基督受难节（复活节前的星期五）那天。这样我好在他复活那天加入我的上帝，加入我仁慈的救世主。”

但是在他一生的大部分时间，在他精力旺盛的时候，他几乎不去教堂。他出生时就是个路德派教徒（新教徒）。但在天主教的罗马，当有人“企图让他改教”时，他揶揄地回答，他“决心死在那个把他养大的教派怀抱里，无论主是真是假”。尽管如此，他还是毫不困难地适应了英国圣公会（英国国教）的礼拜方式，并被看成是个很不虔诚的信徒。

不管他信仰什么，他在内心里是很宗教的（指仁慈，博爱，行善）。他有高尚的艺术道德和艺术使命感。在他的《弥赛亚》在伦敦首次公演后，他对一位贵族音乐爱好者说："阁下，如果说我的《弥赛亚》给人们带来了欢乐，那是我的遗憾，我的目的是要使他们更善良。"

他一生都是"公认地道德情操高尚"；贝多芬也自豪地这样说过自己。即使在他最引起争议的那些岁月，细心的钦佩者也能洞察他艺术中的道德和社会价值。1745 年英国报纸上曾发表诗歌，赞扬他的《扫罗》的音乐具有安抚痛苦的神奇力量。1739 年 4 月 13 日的伦敦《每日邮报》上发表的一封公开信说："一个能欣赏《以色列人在埃及》的音乐的民族不应惧怕任何艰难险阻，哪怕面对所有力量的入侵也无所畏惧。"

世上没有别的音乐像亨德尔的音乐这样产生如此强大的宗教信念。这种信念能移山倒海，像摩西的手杖那样令永恒的泉水从绝望灵魂的岩缝中"汩汩"喷涌。他的清唱剧的某些段落、某些复活的呐喊犹如活生生奇迹，就像拉撒路①从坟墓中升起。如此，在《狄奥多拉》②的第二

---

① Lazarus，《圣经·约翰福音》中玛丽亚和马太的兄弟，死后 4 日耶稣使他复活。——译注

② Theodora，500 年至 548 年，拜占庭皇帝 Justinian 一世之妻，握有实权，制定禁止买卖少女的法律，为最早承认妇女权利的统治者之一。——译注

幕中，上帝那如雷的命令打破悲哀的死亡沉睡：

“起来吧！”上帝的声音大喊。于是那年轻人便复活了。

在《葬礼赞美诗》中也有这醉酒般的呐喊，欢乐得近乎痛苦；这是不朽的灵魂的呐喊，它脱去肉体这层外衣，并向它的上帝伸出双臂。

然而，最具有道德宏伟性的音乐莫过于《耶弗他》[①]第二幕结尾的那首大合唱了。没有什么比这部歌剧的故事更能使我们深入认识亨德尔的英雄般的信念了。

他于 1751 年 1 月 21 日开始创作这部歌剧时，虽然年纪已是六十有六，但身体却特别好。他只用十二天就一口气写完了第一幕；里面没有一丝忧愁和焦虑。他的心灵从没像这阵儿那么自由；舒畅得好像同他正在谱曲的这个题材无关。在写第二幕的过程中，他的视力突然变得模糊起来。开始时非常工整的笔迹现在变得混乱和歪歪斜斜起来。音乐也随之变得痛苦起来。此时他刚开始写第二幕结尾的大合唱：“哦，主啊，您的道路多么神秘！”他刚勉强写完起始乐章（一个带悲伤转调的慢板），就不得不打住了。他在这一页的底下注明：“只能到此了，星期三，2 月 13 日。由于左眼看不清，写不下去了。”

① Jephthah，《圣经·士师记》中的以色列士师，因轻率起誓而不得不以自己的女儿献祭。——译注

他中断了十天。第十一天，他在手稿上写道："2月23日，我感觉好了点。恢复工作。"

他把下面这句话谱上了曲：

"我们的欢乐消失在悲哀里……如同白天消失在黑夜。"此话好像暗示了他自己的不幸。

他十分吃力地用五天时间——正常情况下他用五天可以写完整整一幕！——写完了这首忧郁的合唱；在把他吞没的黑暗中，它证明了亨德尔不顾痛苦，再次以恢弘的气势肯定了自己的信念！在阴郁痛苦的音乐过渡中，升起几个人声（男高音和男低音）非常轻柔的齐声絮语：

"毕竟一切的一切……"

它们踌躇了一下，好像在换气；接着所有的人声一齐肯定了这不可动摇的信念：一切的一切毕竟——

"……都是美好的。"

于是，亨德尔的英雄主义及其大无畏的音乐——它充满了勇气和信念——就在这垂死的赫拉克勒斯的呐喊声中画上了总结性的句号。

其音乐

没有哪位伟大的音乐家比亨德尔更不可能被包括在一种、甚至几种定义的范畴之内。事实上，他早就完全掌握了自己的风格（比 J. S. 巴赫要早得多），尽管这风格从没真正固定过，而且他也从没把自己只局限在一种艺术形式上。我们甚至很难在他身上看到一种自觉的和符合逻辑的发展或演进。他的天才不属于只走一条道路，走到黑、不达目的誓不罢休的那种。因为他的目标只是无论做什么都一定把它做好那种。无论什么方法对他来说都是好的。从他在人生十字路口迈出的头几步起，他就统治了这个国家（英国）的音乐，并在它的所有方面都洒下了自己的阳光，而并没有侧重某一方面。他不属于那种非要把某个自觉的理想强加在生活和艺术上的人；他也不像有些人那样把既定目标写进自己的生活教科书。他是那种全方位吸收生活营养、兼收并蓄、随遇而安的人。他的艺术理想主要是客观地因时因事而定。他的天才可以适应眼前事物的千种风貌，可以将就不同国家民族，可以应时应景，甚至可以赶当时的时髦。它可以跨越所有障碍包容各种影响。它考量其他的风格和思想，但从不会觉得自己被这众多的外来因素所淹没或压倒，因为他有强大的同化，吸收功能和天生的平衡感。一切都能适时地吸收，受到他的控制和归类。他那巨大的灵魂就像是大海本身，接纳世上百川千河的回归，而又不打乱自身的宁静。

虽然德国天才人物往往具有这种吸收外来思想和方式的能力，但在他们中间却极难找到亨德尔式的博大的客观性的高超的非个人性；而这两者才是亨德尔的标志。

其他德国音乐天才的那种多愁善感的抒情性更适于歌唱，更适于以如歌的方式来吟唱天地万物的思想，而不是以生命的方式和根本的节奏来对宇宙加以描绘。亨德尔与德国的其他任何音乐家都不同，比他们都更加接近南欧的天才，那种当歌德到达那不勒斯时猛然发现并顿悟的荷马史诗式的天才。他的宽大胸襟概览全宇宙，纵观宇宙描述自身的“道”，就像一幅画倒映在平静清澈的水里似的，他的客观性在很大程度上归功于意大利，他在那儿生活过多年，其迷人之处他永远不会忘怀；但更要归功于健壮刚毅的英格兰，其克制、适度和对德国宗教艺术中常见的大喜大悲的避免极大影响了他的风格的形成。然而，“万变不离其宗”，他艺术的根基还是他自身固有的，这在他住在汉堡时的早期作品中暴露无遗。

从他在德国哈勒的童年时代起，查绍（Zachau）就用不同国家、民族的不同风格来熏陶他，引导他不但要理解每一位伟大作曲家的灵魂，而且要靠写各种体裁的作品来兼收并蓄其他风格。这种国际性的教育方法以他三次出游意大利及逗留英国半个世纪而告圆满结束。但不管怎样，他从没忘记在哈勒学到的东西，并总是从别的艺术家及其作品那里汲取精华。即便他从没去过法国（这点从没严格考证过），他也很了解这个国家。他渴望掌握法语和法国音乐风格。我们在他的手稿和某些法国评论家对他的抨击里有这方面的证据。他无论经过哪里，总要搜集一点音乐纪念品，买下或收集几部外国人的作品，把它们复制下来，或边读谱边草草地把打动他的乐思抄下来（常常抄得不那么准确）；他不像 J. S. 巴赫那样特别有耐心，会亲手把法国风琴师和意大利小提琴家的整本整本总谱仔细地抄下来。他大量搜集的欧洲各国思想（现在剑桥的菲茨威廉博物馆仅存部分残余）成为他的创作天才不断从中汲取营养的宝库。这位从根本上来讲还是德国人的英国作曲家像他的同胞莱布尼茨那样，成了一位世界公民；两人当年曾在汉诺威相识，后者是位对拉丁文化情有独钟的欧洲人。连那个世纪末的德国伟人歌德和赫尔德也不如这位浸透了西方一切艺术思想的萨克森音乐巨人来得更自由和更具有世界性。

他不仅从博学高雅的音乐中汲取营养（比如音乐家的音乐），而且从纯朴乡土的民间音乐中借鉴精华。他热爱民间音乐。在他的手稿中可以找到对伦敦街头歌声的记录。有次，他对一位朋友说，他的一些最优秀的曲调就是他从这些街头歌唱中摄取灵感而创作的。他的某些清唱剧如《快乐汉和幽思人》就编织着他对在英国乡村散步的回忆。此外谁又能忽略《弥赛亚》中的意大利乡间笛声、《扫罗》中的佛兰芒（今比利时部分地区）钟琴、《赫拉克利斯》（Hercules）和《亚历山大・巴卢斯》（Alexander Balus）中欢快的意大利民间歌曲呢？亨德尔不是一位内省的音乐家。他保持观察四周，边观察边倾听。视觉对他来说也是灵感源泉，其重要程度几乎不逊色于听觉。我不知道还有哪位伟大的德国音乐家像亨德尔那样注重视觉。亨德尔像哈斯[①]和柯莱里[②]那样，酷爱欣赏优美的绘画。只要他出门，不是去剧院，就是去绘画展销会。他是个绘画鉴赏家；他去世后，人们在他的收藏里找到多幅伦勃朗的绘画。他双目失明后，听力本该变得更敏感，创造性本该完全集中到声音的梦幻中去；可我们却注意到，他的听力在他视力复明的希望破灭后不久也失聪了。

他写作就像别人讲话，他作曲就像别人呼吸。他的音乐浸透了当时欧洲各国家民族的音乐成分，洋溢着当时音乐家各风格流派的精神；然后更为丰富的音乐从他心里流出，染上大自然的气息，弥漫着光和影的颤动，唱着河流、森林和鸟儿的歌；这歌声充满他所有的作品，并启发他以半古典半浪漫的色彩，谱写出他某些最富诗情画意的乐章。他从不为了准备写出某首计划中作品而在纸上打草稿，而是随兴致所至即兴挥毫。事实上，他大概是前无古人的最伟大的即兴创作者。他作曲时，感觉如此急切，乐思如此喷涌，以致于手跟不上思想的速度；为了

① Hasse，1699—1783，德国作曲家，擅写歌剧。1734 年他访问伦敦时，有人许以他歌剧团高位让他同亨德尔唱对台戏；尽管他的歌剧《阿塔瑟斯》[Artaserse]在伦敦上演大获成功，他还是决定不向亨德尔的优势挑战，遂返回德国。——译注

② Corelli，1653—1713，意大利小提琴家、作曲家，创造大协奏曲形式。——译注

及时把它们捕捉住，他只好利用速记和缩略的方法。但同时又保持着精致优雅的平衡感，不失体裁的匀称（这同乐思喷涌常常矛盾）。在擅长写优美动听的旋律线方面没有德国人能超过他。只有莫扎特和哈斯在这上面与他并驾齐驱。他有个习惯：虽然极富创造力，但仍然把自己最重要最亲切的乐句一再重复使用，但每次引进一点难以觉察的变化，笔触稍有不同，从而使之臻于完美。这是他热爱完美使然。按顺序连续审视他的这些"音乐铜版画"对音乐家提高造型美的技艺会很有助益。这个习惯也表明：亨德尔的某些旋律在写下来之后，会继续在他的心底沉睡许多年，竟至沉入他的潜意识；然后不定在什么时候，它们会随着他突发灵感而在某一适宜它们的场合再次"应征入伍"。打个比喻，这些旋律就像在寻找一个能使自己再生的新载体，它们在寻找最适宜自己宣泄的环境；一旦找到了，它们便轻松自在地舒展自己。

亨德尔在别的作曲家的作品上下的工夫一点不比在自己作品上下的工夫少。假如你有空研究一下那些肤浅的读者所说的他的剽窃恶习，尤其是在《以色列人在埃及》中的"抄袭行为"，你会看到，亨德尔其实是以天才罕见的洞察力把藏在这些"被剽窃"乐句深处的灵魂挖了出来，而这是连它们的原创者都始料不及的。这需要你用自己的眼睛或耳朵去发现 Stradella 的情歌中暗示的《圣经》洪水。每个人都会看到或听到一首既独自又关联的、介于似与不似之间的艺术作品，并得出并非总是原创者才对该作品最拥有见地的结论。亨德尔的例子很好地证明了这点。他不仅创作音乐，还常常替别人再创作他们的音乐。Stradella和Erba对莱奥那多·芬奇来说只是火焰和墙缝，透过它们他看到了活生生的形象。亨德尔则透过Stradella的吉他温柔的颤音听到了暴风骤雨的来临。

我们切不能忘记亨德尔天才中的这种“召魂”功能。对此，那些只满足于听他的音乐而又不想看它所表达的内容的人士（即只从形式来判断他的音乐，而并不感受他的表现力和暗示性，有时甚至是幻像）是绝不会明白的。亨德尔的音乐是一种描绘情绪、心灵和情景的音乐，他注重构成情绪的框架的时代和场合，并以其各自独特的道德氛围来渲染这些情绪。一句话，他的艺术究其本质是如画的和戏剧性的……他作品中的亲密（或亲切）感在他死后被英国人的诠释歪曲了；之后在德国，门德尔松及其众多追随者的诠释又进一步巩固了这种曲解。通过排除及有系统地藐视亨德尔写的全部歌剧，通过筛掉他的几乎所有戏剧性的清唱剧（包括那些最新鲜有力的），通过把选择越来越狭隘地界定在他的四五首清唱剧上（这里，又过于强调他的《弥赛亚》），并通过不恰当地解释它们（尤其是《弥赛亚》。所谓“不恰当”，是指方式浮夸、僵硬、不动感情；乐队和合唱团过于庞大、严重失衡；歌唱者过于准确和虔诚，麻木不仁，毫无亲切感），最终造成了一种传统，认为亨德尔是一位教会音乐家，是承袭了法王路易十四的风格——全是华丽的装饰，浮华的圆柱，崇高冷漠的雕像，挂满勒布伦（Le Brun）的绘画。毫不奇怪，按这样的原则去解释亨德尔的作品，只能把它们降格为纪念碑式的枯燥乏味，就像勒布伦画笔下的戴假发套的亚历山大大帝和非常俗套的基督画像。

我们有必要矫枉过正。亨德尔决不是个教会音乐家，他几乎从不为教堂作曲。他除了为私人小教堂和某些特殊事件写过一些赞美诗和感恩赞（Te Deum）之外，主要是为音乐会、露天喜庆、歌剧写器乐曲，并为剧院写所谓清唱剧。他写的大多数清唱剧都是有舞台表演的。就算他坚决不把它们拿到戏台上表演——这本身就使某些场景更具有价值，如伯沙撒的欢宴和梦幻等场面就是专为表演而构思的——他也是坚决主张在剧院而不是在教堂演出他的清唱剧。他并不缺想唱他作品的大教堂（一如他不缺乏拒不唱他作品的小教堂），但他因不从命而得罪了那些虔诚的教徒；这些人认为他在舞台上表演严肃的宗教题材是亵渎上帝，但他却照旧声明他不为教堂作曲，而为剧院——自由的剧院——创作。

* * * *

在尝试过描述亨德尔艺术的一般特点之后，现在我们只剩下从技法上把他赖以创作的不同风格简要介绍一下了。

谈论亨德尔的歌剧或清唱剧并不是件容易的事……因为当时欧洲所有的艺术趋势在他的歌剧里都有反映，如在他的早期作品里有(古罗马)凯撒的模式，在他的《阿格丽派娜》[①]中有威尼斯模式，在他创作的头一批歌剧里有斯卡拉蒂和斯台法尼[②]模式。到伦敦后，他很快就引进了英国的风格，尤其在节奏方面。随后他又引进了他与之竞争的博农西尼[③]的风格。接着，这位天才又尝试创造了一种新型的音乐戏剧，其代表作有《朱利尤斯·凯撒》(Giulio Cesare)、《塔默拉诺》(Taemerlano)和《奥兰多》(Orlando)。后来，他受法国影响写了一些迷人的芭蕾歌剧(ballet-operas)，有《阿里奥丹特》(Ariodante)，《阿尔茜娜》(Alcina)等。再后来，他创作了一些风格直逼他那个世纪(十八世纪)下半叶的法国喜歌剧的轻松风格的歌剧，如《瑟斯》(Serse)和《戴达米亚》(Deidamia)等。亨德尔继续像格鲁克那样，尝试用所有风格进行创作，而不作任何永久性的抉择；两人在这点上真可以互相媲美。

不难看出，他使用了丰富多彩的体裁和风格。亨德尔

---

① Agrippina，公元 15 年至 59 年，罗马皇帝尼禄的母亲，后被尼禄处死。——译注

② Scarlatti，1660—1725，意大利作曲家；Steffani，1654—1728，意大利作曲家。两人都创作有大量歌剧。——译注

③ Buononcini 家族，意大利音乐之家，作有大量歌剧。——译注

太全面、太客观，以至不相信会有哪一种艺术是惟一真正的艺术。他相信世上只有两种音乐，即好的音乐和坏的音乐。除此之外，他还欣赏一切风格。所以，他留下的杰作是风格多样、异彩纷呈的。但他并没有开创出歌剧创作的新路子；原因很简单：虽然他不断试验，不断发明，并总是用他特别有把握的笔触，但他毕竟在几乎每一条已开拓的道路上都走得太久了。他好像在发明方面拥有特别透彻的知识，因此几乎不再有哪个艺术领域等待他去征服了。他像格鲁克那样完全驾驭了宣叙调（Recitative），像莫扎特那样充分利用了咏叙调（arioso），以《伊菲姬尼在陶里德》的风格写出了《塔默拉诺》那感人至深、使人伤心断肠的戏剧篇章；以《唐璜》的风格创作了诸如《阿德梅托》（Admeto）和《奥兰多》某些段落中的那些热烈动人的音乐场景，其中的幽默风趣和悲剧性格让人想起莫扎特。他在上述歌剧中还十分开心地试验了新的节奏型。此外，里面还有新的体裁，有充满戏剧性的二重唱或四重唱，有歌剧开篇前的描写性交响序曲，有精致的管弦乐配器，有大合唱和舞蹈。但没有任何单项让他深陷进去不可自拔。所以，在之后的歌剧创作中，我们发现他又回到当时的意大利或德国歌剧创作的一般道路上去了。

* * * *

但我们仍不能说，他从此在歌剧创作上开始墨守成规。事实上，他仍在不断适应当时看戏人群不断改变的口味，并将就他手中的演唱者变来变去。即便他后来转而改写清唱剧了，他也得灵活多变才行。这是在自由剧院上演音乐会戏剧的大框架下不断进行的新风格体裁的永久试验。他创作时本能上的高、低潮似乎也造成他一部接一部地写出成堆的类似或相关作品，但每部都在情绪和形式上风格相反—亨德尔在其中每首作品里都先着力描写的情感中的某一个侧面；待它完成后，他却发现自己又被写第一种情感时积累起来的其他情感所控制。于是他只好永远写下去，以取得心理平衡了，就像生命本身的脉动那样。所以，跟着现实主义的《扫罗》而来的是非个人化的史诗《以色列人在埃及》。在这块丰碑之后又冒出了两幅风俗画——《圣塞西利亚日颂歌》和《快乐汉与幽思人》。随赫拉克勒斯风格的《参孙》（一部英雄性格的通俗悲喜剧）而来的则是浪漫风流充满诱惑力的歌剧《塞米勒》（Semele）。

虽然这些清唱剧风格多变、异彩纷呈，但它们却比他的歌剧更有一个共同点，即它们全是音乐剧。亨德尔选择《圣经》题材创作并非出于宗教信仰，而是出于如下考虑：《圣经》中的英雄故事是他所景仰的那个民族自身血肉、生命的一部分。关于这点，克莱茨施马尔（Kretzschmar）已有详细阐述。《圣经》故事人人都知道，而那些古代浪漫传奇只能使上流社会的那些被宠坏的半瓶醋艺术爱好者感兴趣。毫无疑问，这些清唱剧不是为舞台表演而写的，它们几乎不追求场面效果；只有极少数例外，比如《伯沙撒》中的狂欢场面。在该剧中，亨德尔直接描绘了欢宴场面，舞台效果极佳，但剧中激情、精神和人物性格则一如既往，仍用充满戏剧性的手法表现。亨德尔是位刻画人物性格的大师；《参孙》中的达丽拉（Delilah），《伯沙撒》中的尼托克利斯（Nitocris），《亚历山大·巴卢斯》中的克娄芭特拉[①]，《所罗门》[②]中的那位母亲，《赫拉克利斯》中的戴雅尼拉（Dejanira），还有美丽的狄奥多拉（Theodora）……他们都证实了亨德尔这位心理刻画天才的游刃有余和深刻。如果说他在展开剧情和描述一般感情方面完全投入纯音乐的自由发挥中去，那么在表现感情危机的时刻方面，他则不在任何音乐戏剧的大师之下。在这方面，我们可以举出《赫拉克利斯》第三幕的恐怖景象，《亚历山大·巴卢斯》中的优美场面，《伯沙撒》中的梦幻一景，《狄奥多拉》中的监狱景象和《扫罗》第一幕的例子；以及在这方面压轴的伟大画卷，如《以色列人在埃及》、《以斯帖》[③]、《约书亚》[④]及《山多斯赞美诗》（Chandos Anthems）中的某些大合唱；它们都堪称是真正的激情风景，具有摧枯拉朽的伟力。正由于有了这些大合唱，他的清唱剧才有了同他歌

---

① Cleopatra，公元前 51 年—公元前 30 年的埃及女王，以美艳著称。——译注
② Solomon，古以色列国王大卫之子，以智慧著称。——译注
③ Esther，见《圣经·旧约》，波斯王 Ahasuerus 之后，为犹太人。——译注
④ Joshua，《圣经》故事人物，摩西的继承者，以色列人的军师。——译注

剧的本质区别。前者首先是一种合唱性的悲剧。这些合唱在巴贝里尼(Barberini)时代的意大利歌剧中几乎全被删除，但在法国歌剧中占有十分重要的地位；但即便如此，其作用也仅局限在诠释或装饰方面。而在亨德尔的清唱剧中，合唱却成了这种体裁的生命和灵魂。它们有时充任古典合唱曲的角色，在暗藏的天命引导剧中主人公走向各自归宿时揭示剧中的思想，如《扫罗》、《赫拉克利斯》、《亚历山大·巴卢斯》和《苏珊娜》(Susanna)等；有时则在人类激情的狂澜中添加宗教的强大感召力，并给人间悲、喜剧罩上一层超自然的光晕，如《狄奥多拉》和《耶弗他》；再不就自己最终成为实际上的演员(指这些清唱剧中的合唱)，或一群需要上帝加以指引的迷途人。值得注意的是，亨德尔在其余一部清唱剧《以斯帖》中就已表露出这种天才。我们在其中的合唱里可以看到受压迫人民在其上帝指引下(以其描述出色的号召)摆脱苦难的画面。在《底波拉》[1]和《阿塔丽亚》(Athalia)中出现了两个民族。在《伯沙撒》中有三支民族。但他在这一题材上的首要之作当属《以色列人在埃及》；它是现存的最伟大的合唱史诗，完全描写上帝耶和华指引他的子民走出苦难的事。

清唱剧既然是个“自由的剧院”(free theater)，就需要

① Deborah，《圣经·士师记》中的希伯来女先知及士师。——译注

由音乐来取代布景的位置。因此其如画和描述的功能就大大发展了，亨德尔的天才也因此而深深打动了英国公众。加米尔·圣-桑给C. 贝莱格(C. Bellaigue)写过一封有趣的信，说："我已得出结论：亨德尔正是凭借其如画和描述性强的那一面(这在当时非常新颖并无与伦比)获得了人心并享受盛誉的。这种写合唱和处理赋格的大手笔别人也曾做到过。但亨德尔除此之外还另有绝活儿——色彩感。这是个我们在他那个时代听不到的现代术语……他对异国情调一无所知。但让我们看看他的《亚历山大的盛宴》、《以色列人在埃及》、尤其是《快乐汉与幽思人》吧……您在每个转折点都会发现他努力追求如诗如画的效果，追求模仿异国情调。其结果是音乐真实而热烈，并似乎达到了迄今为止还无人知晓的境地。"

圣-桑也许过于强调"写合唱的大手笔"了(这在当时的英国并不多见，连普赛尔也不例外)。他大概也过于强调法国在如画和描写音乐上起的真正作用及其对亨德尔的影响了。再者，也没必要把亨德尔的描述倾向说成是在他那个时代罕见的现象。实际上，当时也有一股猛烈的自然之风吹过德国乐坛，并把它推向音画之路。泰勒曼比亨德尔还能用音乐来画画儿，取得现实主义效果比亨德尔还有名。但是十八世纪的英国在音乐上却非常保守，还一直在致力于挖掘过去大师的音乐呢。所以亨德尔的艺术在当时以真"色彩感"和"仿异国效果"而更让英国人吃惊。我不赞成圣-桑的“他对异国情调一无所知”的说法，因为亨德尔不只一次寻找的似乎正是异国情调这种东西；这方面突出的有那两位克娄芭特拉的某些场景的管弦乐配器，有《朱利尤斯·凯撒》和《亚历山大·巴卢斯》的音乐。但他始终念念不忘的还是用音乐来描绘，即通过乐句来再现自然留给他的印象；他的“音画”非常具有如贝多芬所说的那种“感情表达多于描绘”的特点，是狂风暴雨的诗意呼唤，是宁静的大海，是深夜漆黑的阴影，是笼罩英国乡村的黎明和黄昏，是月光下的公园，是春天的太阳升起，是百鸟的醒来……《阿西斯和加拉蒂娅》，《以色列人在埃及》，《快乐汉》，《弥赛亚》，《所罗门》……这些作品全都是一座描绘自然的神奇画廊，让亨德尔用一位弗兰芒画家的稳健笔触和一位浪漫诗人的情怀仔细装点得多彩多姿。亨德尔的这种浪漫主义强烈地震撼了他那个时代，其力量大得不容否认。它给他同时招来赞赏和激烈批评。1751 年发表的一封信把他描述成一位柏辽兹或瓦格纳式的人物，用他的乐队和合唱团掀起风暴。这位匿名写信者说：

“他无法用体面方式给人们带来欢乐的享受，因为他的邪恶天才不允许他这么做。他想像出一种新型的宏大音乐；为了制造更大的声势，他让人们以前在剧院里闻所未闻的最大数量的人声和乐器来演唱演奏这种音乐。他想以此来匹敌音乐家中的主宰——不仅如此，他甚至想匹敌所有其他诸神，如伊俄勒（Iole，希腊神话中俄卡利亚王欧律托斯之女，为赫拉克勒斯所爱）、涅普图努斯（Neptune，罗马神话中的海神）和朱庇特（罗马神话中的主神）。我这么说，是因为我觉得要么他的风暴刮倒剧院，要么他的海洋吞没一切。但更不能容忍的是他的惊雷；从来没有如此吓人的滚雷落到过我的头上。”

同样，歌德在听了贝多芬《C小调第五（“命运”）交响曲》的第一乐章之后，也不安和恼怒地说：“它真没意思。我当时只担心剧院会在我的耳朵周围坍塌。”

我把亨德尔和贝多芬的名字排在一起并非偶然的。可以说亨德尔是被锁链缚住的贝多芬。表面上，他同周围的许多伟大的古典作曲家一样冷漠呆板、不可接近，但内心里他同他们却有着天壤之别。在他用来掩饰自己的古典理想的背后，燃烧着一颗浪漫主义的心。亨德尔是“狂飙突进”运动的先驱。这位藏而不露的“鬼才”也会禁不住地偶尔露一下狰狞，宣泄一番激情。

* * * *

亨德尔的管弦乐作品包括十二首大协奏曲（1740年创作）、六首双簧管协奏曲（1734年）、歌剧里的管弦乐曲、清唱剧里的管弦乐曲及露天（室外）音乐——有《水上音乐》（1715年或1717年）和《烟火音乐》（1749年）。还有几首为两支圆号写的协奏曲。

虽然亨德尔在艺术上是位凭视觉的音乐家，他的音乐也具有高度描述和再现形象的功能，但他却只是很有限地使用管弦乐器的音色。虽很有限，但偶然用一下，却用得很精致和聪明。当年在罗马他置身红衣主教奥托博尼的圈子里时写的两首清唱剧和他几首不朽的炫耀技巧作品——《时代凯旋曲》(the Triumph of Time)和《基督复活曲》(The Resurrection，1708年)——都具有优雅和变化丰富的管弦乐配器。在伦敦，他是最早把圆号引进歌剧乐队的人之一。沃尔巴赫(Volbach)说："他是最先指出大提琴具有突出表现个性的音乐家。"他知道如何使中提琴产生许多奇妙的效果，如演奏不确定和使人不安的半音。他使大管(巴松)具有了忧郁和幻想的性格。他试验过大大小小许多种新乐器。他在《赛米勒》朱庇特诅咒一场中戏剧性地使用了独奏低音鼓。在某些特殊场合，他通过使用器乐音色，不仅获得了戏剧性的表现效果，而且使音乐产生了异国情调和本地特色，如两首《克娄芭特拉》中的两景、《朱利尤斯·凯撒》(1724年作)和《亚历山大·巴卢斯》(1748年)都是这方面的典范。

亨德尔虽是伟大的音响画家，但他主要是通过设计造型之美与光、影效果——而非音色的华丽、多变与新颖——来达到他的目的。他自愿使用有限的调色板，并满足于弦乐器的朴素音色；但尽管如此，他仍能创造出惊人和感人的效果。沃尔巴赫向我们说明，他更多使用的是把同族乐器分成不同的小组，而不是求助于乐器的混成和对比。而在另一方面，当亨德尔认为有必要时，他会通过抑制中提琴和第二小提琴(其位置由拨弦古钢琴取代)来减弱他的器乐力量。他的全部乐队艺术都源于他喜欢平衡和节省的基本天性。凭此天性，他极有限度地只使用几种音色，却能获得今天我们的音乐家用他们挤得满满的“调色板”获得的同样强大的效果。在他看来，没有什么比避免打破乐队各声部之间的平衡(常以丰富它并使之现代化为借口)更重要的了。我们若想真正演奏好他的音乐，就必须明白这点。最糟糕的错误，莫过于使用多余的音色，来剥夺构成亨德尔音乐之主要魅力的那种柔顺、轻快流畅和细腻微妙了。

现在我们来看一下他的大协奏曲。在他的所有作品中，数这些大协奏曲最驰名但也最得不到理解了。亨德尔赋予它们特殊的价值，出版它们时都有亲笔签名；此做法在当时虽然很流行，但他本人却是非到特殊情况绝不轻易使用的。

所谓大协奏曲，是指一组独奏乐器(小协奏组)同整个乐团(大协奏组)之间进行对话交流，外加羽管键琴(Cembalo，也称拨弦古钢琴)。这种体裁即使不是由柯莱里(Corelli)发明，至少也是由他完善并使之经典化的。柯莱里在他的追随者的协助下创作或完善的大协奏曲早就蜚声全欧。杰米尼亚尼(Geminiani)把它们介绍到英国来，亨德尔马上就从他那儿拿来(他俩是朋友)加以利用。不过，这样想会自然得多：他1708年在罗马逗留期间向柯莱里本人（即从源头）学到了大协奏曲这种形式。他的作品第三号中有几首大协奏曲就是分别在1710年、1716年和1722年写的。他在汉堡学艺时就已初露这方面的端倪：也许他早已通过乔治·穆法特（Georg Muffat；他很早就在德国广为宣传这种风格）的宣传了解了柯莱里的风格。柯莱里死后，洛卡泰利尤其是维瓦尔第[①]对大协奏曲进行了独到的改造，赋予了这标题音乐的自由性格，并坚决把它推向三段体的奏鸣曲形式。1723年，维瓦尔第的作品在伦敦上演，激起观众极大热情，他对大协奏曲的改革也为亨德尔所彻底了解；可在这种情况下，亨德尔还是对柯莱里情有独钟，在某些方面甚至还不如柯莱里走得远。亨德尔的大协奏曲有四至六个主要乐章不等，介于组曲和奏鸣曲之间，甚至有点交响序曲的味道，正是这个特点使那些理论家对他大为不满，而我则对他大加赞赏。因为他并没寻求把一个划一的模式硬套在自己身上，而是给自己留有按自身需求对这种体裁加以改造的空间，使之按照自己的意向时时作相应的变化。

乐思的自发和自然构成了亨德尔大协奏曲的最大魅力。因此他才能以极快的速度大量创作它们；往往一天

---

① Vivaldi，1678—1741，意大利作曲家、小提琴家，以四部小提琴协奏曲《四季》最受欢迎。——译注

就一气呵成一首，每星期写出好几首。按克莱茨施马尔的说法，这些作品都是宏伟的印象画卷，被镶在简洁流畅的画框里，其中最细微的情绪变化都能被你轻易感觉到。当然它们并非完全等值。其构思本身——常常只是抓住一瞬间的灵感——就决定了这种绝对的不等值。得承认，譬如说他的第七协奏曲（降B大调），以及最后三首，便趣味平平，属很少得到演奏的作品之列。但公道地讲，这里面也有杰作，尤其是他的《F大调第二大协奏曲》，就很有贝多芬协奏曲的味道，里面洋溢着类似贝多芬的精神。让我们向它致敬！

现在我们再来看一下亨德尔器乐作品中很少引起音乐史学家注意的那一类；亨德尔在这类作品中也表明自己不仅是先驱，而且是典范。这就是他的露天音乐。

露天音乐在英国人的生活中占有显著地位。伦敦周围遍布花园。佩皮斯（Pepys）告诉我们：在那儿，“声乐和器乐音乐会同百鸟啁啾争鸣”。亨德尔专门为这些花园音乐会写曲子。一般来讲，他对这些曲子并不在意。它们都是些小巧的交响曲，或像《角笛舞曲》[①]这样的不铺张招摇的舞曲。

但他用这种形式也写过一些专在大场面演奏的乐曲，

① hornpipe，角笛，旧时的一种单簧管乐器；角笛舞，旧时在水手中流行的一种欢快活泼的单人舞。——译注

如在1715年或1717年为皇室大型游艇队畅游泰晤士河而写的著名的《水上音乐》，以及为庆祝亚琛和平而于1749年4月27日在格林公园燃放烟火而写的《烟火音乐》。

《水上音乐》是一首组曲形式的大型小夜曲，包括二十多个乐章。它的开始是一首华丽的歌剧序曲，然后是许多带有圆号和低音鼓回声的对话，由安排成两部分的铜管乐和乐队的其余部分作答。接踵而来的是欢快、抚慰人的歌曲，舞蹈，一段布列舞，一段角笛舞，几支小步舞，以及同欢快有力的铜管乐吹奏交替进行并形成对比的几首流行歌曲。这首管弦乐曲同他其余的交响性乐曲差不多，只是显著强调了铜管乐器。你在这部作品里甚至能找到用室内乐风格或戏剧方式谱写的章节。

《烟火音乐》的露天性质甚至更明确，无论是其宏大的风格还是其管弦乐配器都是如此；但这次乐队的重点完全移到了木管乐器上。该曲分成两部分：在大规模燃放烟火之前演奏的一支序曲；和在烟火燃放过程中演奏的多支小曲，并同几支比喻性的固定曲子形成呼应。序曲是支D大调的威严的进行曲，有几分像贝多芬写的《猎人舞曲》(Huntsman's Dance)的序曲，并同它一样欢乐、威风和嘹亮。几个较短的乐章包括一首布列舞曲，一支西西里岛风格的广板（标题是“和平”；它优美舒缓，具有英雄般的优雅，能慢慢使人入眠），一首题为“欢庆”的活泼快板，以及两首结束的小步舞曲。对于我们的民间节庆和露天庆祝活动的组织者来说，这部作品很有趣，值得他们研究。在1740年以后，亨德尔除了这部《烟火音乐》和两首为两支圆号而写的纪念碑式的大协奏曲之外，几乎没再写任何其他器乐曲。我们觉得，这是他的思想和器乐风格发展到最后阶段的结果，即把他引向了为大众、大场面和大量听众而作曲的方向。他身上固有为大众作曲的思想。这使我马上想到，他的记忆里贮存有许多民间和通俗的因素，而正是这些因素启发他写出充满生气的清唱剧。他的艺术由于有了这一民间的源泉而永褒青春，并在当时具有罕见的流行度，颇受大众欢迎。他的《奥特隆》(Otlone)、《西庇阿》(Scipione，古罗马统师)、《阿里亚娜》(Arianna)、《贝雷尼斯》(Berenice)及其他歌剧中的一些曲调不仅在英国广为传唱并被通俗化，而且流传到国外，甚至流传到一般来讲拒不接受外来影响的法国。

这里，我不仅想谈他的音乐的通俗性——虽然它有点平庸，但不可忽视；因为只有愚蠢的自大和小心眼儿才否认那些深受一般百姓欢迎的艺术的巨大价值——而且更主要的是想说明：亨德尔的音乐之所以具有通俗的特点，是因为他真心为百姓创作，而不像吕利和格鲁克时期的法国歌剧那样是专为上流社会肤浅的艺术涉猎者而作。他一方面抱定崇高的理想和完美的艺术形式，不屈从于大众的低级趣味，一方面却用“老百姓马上就能听懂”的语言再现雅俗共赏的情感。这位和蔼的即兴创作者一辈子（保持了五十年的创作力）都得同舞台下的各色观众打交道；所以他就像那些老派的雄辩家那样，有一种要取得即时效果的台风和本能。当今时代，我们已经没有了这样的艺术和艺术家，即纯粹只对人民和为人民说话的艺术家；有的只是为了自我或为了同行而说话的艺术家。今天的纯艺术家都与世隔绝、闭门造车、那些对百姓说话的艺术家反倒常常是些江湖骗子。十八世纪的自由英国在某种程度上同古罗马共和国相近，所以亨德尔的滔滔雄辩就同那些古代的演说家有相似之处，后者那格式规整又热情洋溢的滔滔演说深深打动了那些战栗的闲逛者的心……这种雄辩有时确实能震撼一个民族的灵魂。在《以色列人在埃及》的头几场公演之后，有些听众盛赞音乐中的英雄品质，说它能唤醒民众，并鼓舞大军夺取胜利。

正是靠着这种对大众的感召力，以及他天才的其他方面，亨德尔不仅豪迈地与卡瓦利[1]和格鲁克并驾齐驱，而且超越了他们。只有贝多芬一人走在亨德尔开辟的这条宽广大道上。

① Cavalli，1602—1676，意大利歌剧作曲家。——译注

莫扎特：根据他信札的一幅画像

最近我一直在重读莫扎特的书简（亨利·德·居尔松的法译本）。我认为它们应该摆在每一所图书馆的书架上，因为它们不仅对艺术家有用，而且对普通人也有教育意义。如果您读了这些书信，莫扎特就会成为您终生的朋友。他慈祥的面容将在您困难时出现在您面前；您在痛苦、烦恼时将听到他那孩子般的朗朗笑声，并一边回忆他面对苦难那么勇敢坚毅，一边对自己的畏缩、沮丧感到羞愧。让我们捕捉他的记忆吧，因为它们转瞬即逝。

莫扎特打动我们的首先就是他的心理非常健康。考虑到他的身体远谈不上健壮，这就更难能可贵。他的所有心理功能好像都十分平衡；他的灵魂充满情感却又能很好地自我控制；他的心灵十分镇定，情绪稳健，即使遇到像他母亲去世和他热恋康斯坦丝·韦伯小姐这样的事也从没失去理性。他很智慧，思路清晰，能本能地把握大众的喜好，选择最佳路线夺取成功。他也能巧用自己高傲的天才去克服世俗的弊病，而又不会伤及自身。

这种心理上的平衡在天生充满激情的人当中实属罕见，因为所谓激情就是指情感过度。莫扎特什么情感都有，但他没有激情——他有的其实是极端的高傲和强烈地意识到自己有天才。

一天，一位朋友对他说："萨尔茨堡大主教认为您十分自傲。"

莫扎特并不试图隐瞒自己的高傲；对那些伤害他自尊的人他会高傲地予以反击，说："使一个人高贵的是他的心灵；我可能不是伯爵，但我拥有的尊严也许比许多伯爵加在一起还多。一个人，无论他是仆人还是伯爵，但只要他污辱我，他马上就成了低级流氓。"1777 年他二十一岁时，他对两个嘲笑他获得"金靴刺十字勋章"的家伙说："你们可能获得的所有勋章我都会轻而易举地获得，比你们成为我现在这个样子还要容易；即使你们死后再生一回，你们还是比不上我。"他补充说："我当时气坏了。"

他通常把别人对他说的所有恭维话都仔细地记在心里，有时还面不改色地加以引用。他在 1782 年对一个朋友说："考尼茨亲王对大公说，像我这样的人每一百年才在世上诞生一次。"

当他的自尊心受到伤害时，他会怀恨在心。一想到要受雇于某位亲王，他就难受之极，说（1778 年 10 月 15 日）："这念头让我不堪忍受。"有一次萨尔茨堡大主教谈到他时出言不逊，他听说后气得“浑身发抖，像个醉鬼似的在街上晃荡。最后回到家里就上了床，到第二天早上还没有缓过劲儿来”(1781年5月12日)。他说：“我打心眼儿里仇恨这个大主教。”后来他又说：“谁要是冒犯了我，我一定要报复他；而且要变本加厉地报复他，不然便是只回敬了我的敌人而没有纠正他。”

当自尊心受到危及时——有时只是意愿可能得不到满足——这个充满敬意的孝顺儿子就会变脸而成为自己欲望的主宰。

“我根本不承认您信中的那个您是我父亲；这封信当然是出自一位父亲之手，但它不是出自我的父亲。”(1781年5月19日)

他在得到父亲的允许(1782年8月7日)之前就结了婚。

假如您刨去莫扎特极有自尊心这点不算，您会发现他是个非常快活和开心的人。他像个温柔的女人(或更像个孩子)那样，同情心来得特别快；他会一会儿哭，一会儿笑，一会儿戏谑，会像个淘气的男孩那样搞各种恶作剧。

他通常十分活跃，对什么都感到有趣儿。他很难安静地多坐一会儿，总是唱啊跑啊跳啊，遇到可笑的事会笑得死去活来，甚至对不可笑的事也会笑得前仰后合。他爱开好的和坏的玩笑(尤其是坏的，有时还开粗俗的)；他不加思索，欠考虑，但没有恶意。他喜欢使用一些没有词义的怪词，如："施图鲁！施特利！……克纳勒尔，帕勒儿……施尼普……施纳普。……施努尔……施奈帕泼尔！……施奈！"我们在他写于1791年7月6日的信里就找到了一些这类怪词。他在1769年写道：

"我就是高兴得要命，因为这次旅行太让我高兴了……因为车厢里太热……因为我们的马车夫是个好小伙儿；只要路面允许，就把车赶得像一阵风！"

像这样莫名其妙高兴的例子，你还能找出许许多多；此外还有他那源于健康的欢笑。他的血液在血管里舒畅、自由地流动，他的感觉也并不过敏。

"今天我看见四个无赖被吊死在大教堂旁边的广场上。他们这儿吊死人的方法和在里昂一样。"（1770年11月30日）

他的同情心并不是涵盖很广——不是现代艺术家的那种所谓的"博爱"。他只爱那些他认识的人——他父亲，他妻子，他的朋友们；他对他们充满爱意，谈到他们时感情炽烈，让人听了他的话就像听了他的音乐那样心里热乎乎的。

"当我和我妻子结婚时，我们俩都热泪盈眶，在场的别人也都受我俩的情绪感染而哭了起来。"（1782年8月7日）

他极擅长交友，穷人眼中的那种友谊。他说过：

"我们最好、最真挚的朋友都是穷人。富人根本不懂

什么是友谊。”(1778 年 8 月 7 日)

“朋友吗?”他在另一个场合说,“我只把那些无论何时只为朋友的利益着想、并竭尽全力使之幸福的人称为‘朋友’。”(1778 年 12 月 18 日)

他写给妻子的信——尤其是在 1789 年至 1791 年之间写给她的信——里充满了绵绵爱意和近似疯狂的快乐。他似乎不为疾病、忧虑和极度的沮丧所困挠,而这些在他一生的这段期间特别频繁,如他所说:“我总是在焦虑和希望之间挣扎。”而且也不是如我们想当然的那样特意鼓足勇气来安慰他的妻子不让她看到自己的真实处境。他信中的语言来自他无法克制的想笑的欲望,这欲望他无法抑制,即使处在最贫病交加的处境也要予以宣泄。他的大笑十分近似眼泪,不过全是源出他博爱的天性的幸福的眼泪。

虽然谁的日子都没有他过得那么苦,他却十分开心。他的一生是同疾病和苦难无休止斗争的一生,最后死神结束了这一场,他只活了三十五年。那么他的快乐到底从何而来呢?

首先,来自他的宗教信仰。他的信仰健康自然,摆脱了一切迷信;怀疑可能会触动过他这种坚定而强大的信仰,但却不可能损害它。这也是一种平和而宁静的信仰,没有激情或神秘感。他在致即将去世的父亲的信中说:

“虽然我已经习惯了想像最坏的情况发生,但我还是在等待好消息的到来。既然死亡是生命的真正归宿，我多年来就已经熟悉了这位人类最好的朋友。它的面孔现在对我来说已不再狰狞可怖，而是看上去平和而安慰。我要感谢上帝赐与我这种恩泽……我上床之前总想到也许第二天早晨我就醒不来了，但是了解我的人谁也不会说我很悲伤或不满。我感激我的造物主赐与我欢乐的天性，并衷心希望我的同类分享这种欢乐。”（1787 年 4 月 4 日）

这也就是说，他在想到永恒中找到了幸福。他在地球上的幸福寓于周围亲友对他的热爱之中，但更体现在他对他们的热爱之中。他在致妻子的信中说：

“只要我觉得你什么都不缺，我的一切烦恼对我来说就会变得像珍贵甚至快乐的东西。是的！只要我确信你快活健康，那么天底下最大的痛苦和麻烦对我来说就好像算不上什么了。”（1791 年 7 月6 日）

但是莫扎特真正的乐事还是在创作当中。

对那些躁动不安、身心扭曲的天才来说，创造可能是一种酷刑，是痛苦地追寻扑朔迷离的理想。但对于像莫扎特这样的健康天才来说，创造则是完全的乐事，自然得同生理快感相差无几。作曲对他的健康重要得如同吃饭喝水睡觉。它是一种需要，一种必须——一种快乐的需求，因为他能持续地满足它。

明白这点很有用，因为它能使您理解下面这封谈到钱

事的信中的一段话:

“您完全可以肯定,我的惟一目的就是挣到尽可能多的钱;因为金钱是继健康之后的最宝贵的财富。”(1781年4月4日)

乍一看这理想似乎太低级。但您千万别忘了莫扎特缺钱缺了一辈子。由于缺钱,他的想像力受到影响,他的健康也因此遭殃,迫使他总要考虑如何才能成功和挣到钱,有了它们的保障他才能自由驰骋。这是最自然不过的事了。如果说同样缺钱的贝多芬同他反其道而行之,那是因为贝多芬的理想主义携他来到了另一个世界并过上另一种日子——一个虚幻的理想世界(如果我们把那些保证他每天有饭吃的富有庇护人忽略不计)。然而莫扎特不同,他热爱生活和现实世界。他希望生活和征服;他确实征服过(争取过),因为现实总也不完全在他的掌握之中。

莫扎特最令人叹服的一点是,他把自己的艺术导向了成功,而又没有牺牲掉自我。他的音乐总是在顾及公众效益的情况下写成。他总有办法兼顾自己的理想和大众的口味,把曲子写得恰好也表达了自己的心声。在这方面,他很得益于自己细腻的观察力、精明和装糊涂的本事。他既藐视他的听众,又让自己备受他们的推崇。他不会作出愧对自己的让步;他蒙骗了公众,但也指引了他们。他给人们错觉,让他们以为自己了解他的思想脉络;

而实际上，那些欢迎他作品的掌声、喝彩只是被那些专门为博得掌声而写的片断激发出来的而已。这又有何妨？只要有掌声，就说明作品成功了，作家就能无后顾之忧地创作新的作品了。

莫扎特说："作曲是我惟一的欢乐和嗜好。"（1777年10月10日）

这位幸运的天才似乎天生就是作曲的料。很少发现其他人具有像他那样旺盛的艺术创造力；我们切不可把他那非凡的作曲天赋同罗西尼等人的想像力匮乏混为一谈。巴赫也一个劲儿地执著作曲，并常常对朋友说："我是不得已而作曲，任何人只要像我这样努力工作，都会取得像我这样的成功。"贝多芬处在作曲的阵痛中时（像分娩），得拼尽全力战斗！若他的朋友此时去找他，常会发现他处在极端筋疲力尽的境地。申德勒说："他的五官扭曲，汗流满面，好像正在同一支由擅长对位法的作曲家组成的大军作战。"这里指的是贝多芬创作《信经》（Credo）和《D大调庄严弥撒》的时候。不管怎么说，他总是打腹稿，反复斟酌，涂涂写写地删改已写出来的乐谱，或推倒重来，或在某支他早就该写完、甚至已经出版印刷的奏鸣曲的"广板"上再加上几个音符。

上述这些痛苦的挣扎对莫扎特来说十分陌生。他作曲是随心所欲、信手拈来，且从不想做力所不及的事情。他的工作就像是他生活中的一味香料，也许像一朵只关心活下去的美丽的鲜花。创作对他来讲易如反掌，灵感时常像数眼喷泉同时喷涌，他也能对它们不假思索地应付裕如，表现出难以置信的心理能量。他能同时写一首前奏曲和一首赋格。一次，他要在音乐会上表演一首钢琴小提琴奏鸣曲；他在头天夜里十一点至十二点之间匆忙写出了小提琴声部，但没有时间写下钢琴声部及同搭档排练，只好在第二天凭记忆演奏了他在脑子里谱好的乐曲（1781 年 4 月 8 日）。这样的例子不胜枚举。

如此天才肯定要蔓及他艺术领域中的各个方面，并做得同样完美。不过，他还是特别适于写音乐戏剧。如果我们回想一下他本性中的主要特征，就会发现：他的精神很健全，十分平衡，并受到他坚强而沉稳的意志的控制。此外，他没有过度的激情，但有敏锐细腻的洞察力和多面性。这样的人一旦具有创造才能，是最适合用客观方法来表现生活的。他不存在受到非理性激情化本性干扰的问题；这种天性的人时时处处都要表现出自己的个性。贝多芬音乐的每一页乐谱都是贝多芬特有的；这没什么不好，因为没有别的音乐英雄像他那样激发我们的兴趣。但莫扎特是生性快乐的混合素质（敏感，精明的洞察力，温柔，加上自控力很好），他天生适合于领悟别人性格的差异，适合对当时上流社会的时尚发生兴趣，并以他音乐中的诗意深度把它再现出来。他的内心没有矛盾冲突，没有心底之声呐喊着要求被人听见。他热爱生活，热切并敏锐地观察周围的世界，然后毫不费力地再现所见到的事物。

他的才华在他的戏剧作品中放射出最璀璨的光华；他也好像感受到了这点，因为他的书简告诉我们，他更喜欢创作歌剧：

“只要一听到别人在议论歌剧，或我来到剧院，或听见有人唱歌，就足以令我乐不可支了！”（1777 年 10 月 11 日）

“我十分渴望写一部歌剧。”（同上）

“我羡慕所有写歌剧的人。我一听见歌剧曲调就热泪盈眶……我的一个念头就是创作歌剧。”（1778 年 2 月 2 日和 7 日）

“对我而言，歌剧至高无上。”（1782 年 8 月 17 日）

现在让我们来看莫扎特如何构思一部歌剧。

首先需要说明，他纯粹是个——只是个——音乐家。在他身上几乎没有我们在贝多芬身上找到的那种文学修养或品味；后者在这方面不但自学成才，而且在音乐创作中运用得很好。你不好说莫扎特不仅仅是个音乐家，因为他实实在在就只是个音乐家，再没别的了。他不会费尽脑筋去思考如何处理戏剧中诗文与音乐的关系这类复杂的问题。他会迅速作出决断：音乐在哪儿都不该遇到竞争对手。

“在一部歌剧中，至关重要的是诗文应该是音乐顺从

的女儿。”（1781 年 10 月 13 日）

他后来又说过：“音乐像国王一样占统治地位，其余的微不足道。”

但这并不意味着莫扎特对自己的歌剧脚本不感兴趣，也不意味着音乐令他快乐得使歌词只成了音乐的陪衬。恰恰相反：莫扎特主张，歌剧应当忠实地表现角色和情感。但他同时也认为，做到这点要靠音乐家，而不是诗人。这是因为他更多是个音乐家而非诗人，是因为他的天才使他不愿意同另一个艺术家分享自己的作品。

“我用诗文既不能表达情感也不能表达思想，因为我既非诗人也非画家。但用音响我就能表达它们，因为我是音乐家。”（1777 年 11 月 8 日）

诗文对莫扎特来说只是提供了“一个精心准备的布局”，一些戏剧场合，“顺从的”歌词，为配合音乐表现而写就的台词。剩下的就是作曲家的事了；莫扎特认为，作曲家有其自己的表现语言，虽方式不同，但它同诗文一样准确，一样深刻。

莫扎特创作歌剧的意图很明确。他不厌其烦地对《伊多梅纽》和《后宫诱逃》的几个片断作了注解；从中可以看出，他对分析心理有聪明的见解：

“随着奥斯敏（Osmin）的愤怒逐渐加剧，以及观众想像这个唱段就要结束，那段节奏与风格都不同的‘极快的快板’的出现应该会产生好的效果；因为，一个给气成这

样的男人肯定已经丧失了理智，不如如何是好了；所以这段音乐也应该显得疯狂而迷乱。”(1781 年 9 月 26 日)

提到同部歌剧中的曲调“哦，我好害怕”时，莫扎特写道：

“心的狂跳事先要由小提琴上的八度音表现。颤抖的犹豫不决和心里的极度苦恼由一次‘渐强’表示，絮语和叹气由加弱音的第一小提琴和一支长笛齐奏表示。”(1781 年 9 月 26 日)

由于莫扎特是个彻头彻尾的音乐家，所以，他不会允许诗文对他的音乐提出要求；他甚至会迫使一段戏剧情境去适应他的音乐——只要戏剧跨越他音乐的优雅品味范围的情形一出现，他就会这么做。

“激情——无论它暴烈与否——若发展到令人不快的境地，就决不该去表现它；音乐即使在最恐怖的情形下也决不能让耳朵听了不舒服，而是应该愉悦听觉，并始终保持音乐的本色。”(1781 年 9 月26 日)

于是，音乐就成了对生活——对优雅生活——的描绘。而旋律虽然是精神的反映，却必须愉悦心灵，不能有损皮肉或“冒犯耳朵”。所以在莫扎特看来，音乐就是和谐地表现优雅健康的生活。

这种音乐观不仅体现在莫扎特的歌剧里，而且贯穿他的全部创作。他的音乐无论怎么做或做什么，总归是唱给人的心灵——而不是理智——听的；它总是表达情感或适度的激情。

十分显著的一点是:莫扎特所描述的情感常常不是他自己的,而是他所观察的别人的。这几乎难以置信,但这是他亲口在一封信里说的:

“我希望根据罗丝小姐的性格写一首‘行板’。而且您完全可以这么说:加娜比彻小姐是什么样的,这支‘行板’就是什么样的。”(1777年12月6日)

莫扎特的戏剧感非常强,连他的最不利于表现它的作品里都出现了戏剧性;这类作品指的是他最表达自己个性和梦想的作品。

让我们先把莫扎特的书信放在一边,然后顺着他的音乐之河漂流。在这里我们能找到他的灵魂,并随之找到他那典型的温柔和善解人意。

这两个品质似乎浸透了他的整个天性;它们像一层柔和的光晕围绕着他、包裹着他。正因为此,他才从没有成功地刻画过(或试图刻画过)同他自己的本性不相容的剧中人物。我们只需想一想《费德里奥》中的那个暴君、《魔弹射手》和《尤利安特》中的那些恶魔般人物以及《尼伯尤根指环》中的那些怪物般的英雄,就可知道,通过贝多芬、韦伯和瓦格纳,音乐能够表达和激发仇恨及鄙夷。但是,如果说“音乐是爱情的食粮”(这是莎士比亚戏剧《第十二夜》中公爵说的话),那么反过来爱情也是音乐的食粮。而莫扎特的音乐真正是爱的食粮;所以他才拥有那么多朋友。而他也对他们的爱报之以更多的爱！多少温柔和情谊从他的心里流出啊！从儿时起他就近乎病态地需要怜爱。据说有一天他突然对一位奥地利公主说："夫人，您爱我吗？"那位公主故意逗他，说不。于是小莫扎特伤心地哭了起来。

他始终保持孩子般的心态；透过他的全部音乐，我们似乎只听到了一个简单的要求："我爱你；请你也爱我。"

他的作品是一首持续的爱情颂歌。他的那些抒情悲剧中的人物虽然都很平庸，唱词枯燥乏味，恋爱情节也十分雷同，但由于深受他自己情怀的感染，它们才具有了一定的个性，并对所有自己也能爱的人产生了永久的魅力。莫扎特的爱情戏中毫无浮夸或浪漫的成分；他只是表现爱情的悲欢。由于莫扎特自己不受过度激情之苦，所以他的主人公们也没有心碎肠断之虞。《伊多梅纽》中安娜的悲伤，甚或埃莱克特拉（Elektra）的嫉妒，都从根本上不像贝多芬和瓦格纳释放出来的激情。莫扎特熟悉的激情只有愤怒和高傲。所有激情之最的狂热的爱从没在他的作品中出现过。正是由于缺乏这种激情，他的整个创作才平和得难以言喻。在我们生活的这个时代，艺术家都倾向于用肤浅的夸张过度、或虚伪加歇斯底里的"神秘主义"（mysticism）来表现爱情，而莫扎特的音乐则以其朴实无华的表现爱情迷住了我们。

不过，在莫扎特的音乐中有一定的肉欲成分。他虽不如格鲁克或贝多芬有激情,但比他们色情。他不是一位德国的理想主义者,而是来自介于威尼斯和维也纳之间的奥地利的萨尔茨堡,所以他的天性中应该有点意大利的东西。他的音乐时时让人想到佩鲁吉诺[1]笔下的那些美丽的大天使和天国里的两性人的倦怠表情,其嘴巴给画得除了不能祷告之外什么都能做。莫扎特的"画布"比佩鲁吉诺的要大,而且他用另一种方式为宗教世界找到了令人动情的表达。我们大概只能在意大利中、北部的翁布里亚地区找到类似于莫扎特那既纯洁又肉感的音乐的对应物。请看看莫扎特笔下的那些欢快的爱情幻想家吧:有春心荡漾、沉溺于初恋梦幻的塔米诺;有采琳娜(Zerlina);康斯坦丝;有《费加罗的婚礼》中柔弱忧郁的伯爵夫人;有苏珊娜昏昏欲睡的情欲;有那饱浸泪水和欢笑的五重唱;还有《女人心》中的那段"像在甜蜜的南方,河岸上开遍紫罗兰,暗暗散发出幽香"的三重唱。从中,我们能领略到多少雅趣和柔情蜜意呀!

然而,莫扎特的心表达起爱情来总是——或差不多总是——那么单纯而自然;但这种表达一经过他歌剧中的诗文的处理便走了样。尽管如此,我们在《费加罗的婚礼》的音乐中,仍很难看到法国歌剧中的那些浮华冷漠而堕落的特点。罗西尼那浅薄而活泼的音乐在情趣上倒更接

① Perugino,1446—1523,意大利文艺复兴时期画家,拉斐尔之师。——译注

近博马舍[①]的原作。凯鲁比诺这个人物形象经过莫扎特的再创作后几乎面目全非，一颗迷恋的心在爱情的神奇力量驱使下惴惴不安地吐露心曲。莫扎特那健康的天真把一些复杂可疑的局面（如凯鲁比诺同伯爵夫人的微妙关系）一笔带过，只把它们看做是笑谈的话柄。事实上，莫扎特的费加罗们和唐璜们同我们法国原著者笔下的这些人物之间有很大的距离。莫里哀笔下的法国人若不是做作、严厉或愚蠢，就是有点辛酸或抱怨；而博马舍笔下的人物都很冷漠和精明。莫扎特的精神同他们的很不一样，不给人留下辛酸或抱怨的回味。莫扎特的作品没有恶意和怨恨，它总是充满爱、生命和活力，并随时准备戏谑和享受人间乐趣。他的人物都很轻松欢快，总在笑声和无恶意的玩笑中竭力隐瞒心中的恋情。他们使人想起莫扎特写给妻子的那些诙谐嘻笑的信札：

“亲爱的娇妻，倘若我告诉你我都对你那可爱的画像做了什么，你一定会笑得前仰后合！比如，当我把它从包装里取出来之后，我说：‘上帝保佑你，我的小康斯坦丝！……上帝保佑你，你这个小淘气鬼！……你这个长着小尖鼻头的高傲公主！’等到我把它收起来时，我慢慢地把它塞回去，一直小心翼翼地；并在完成后迅速说：‘晚

① Beaumarchais，1732—1799，法国剧作家，代表作有《塞维利亚的理发师》和《费加罗的婚礼》，后被罗西尼和莫扎特用来创作了各自的同名歌剧。——译注

安，小老鼠，睡个好觉。'我担心我正在写一些我犯傻的事情——至少别人会这么看。可今天已是我同你分别后的第六天，我觉得好像过去了一年……嗯，假如别人能窥透我的心的话，我简直会害臊的……"（1790年4月13日和9月30日）

过多的快乐会导致冒傻气，莫扎特则是两者兼有。意大利谐歌剧（opera buffa，十八世纪产生于意大利的那不勒斯）和维也纳风格的双重影响助长了他身上的这两个因素。其实这是他身上最无趣的一面，若不是它属于莫扎特，人们当会把它忽略不计。他的肉体同他的精神一样，也有其需要，这是很自然的事。当莫扎特兴高采烈过了头时，其结果必然是搞点恶作剧。他像个孩子似地自寻开心。你能感觉到他的某些歌剧人物，如列波莱罗（Leporello）、奥斯敏和帕帕盖诺（Papageno），给他带来了极大的欢乐。

他的滑稽偶然也能达到崇高的境界。请想想出自这位谐歌剧作者之手的《唐璜》中的主人公以及这部歌剧的其他人物吧。在这里，笑剧同悲剧性的情节交织在一起；它围绕着那位将军的雕像和埃尔薇拉（Elvira）的悲痛展开。那个小夜曲场景就是个笑剧的氛围；然而莫扎特的精神把它转变为一个出色的喜剧场面。莫扎特用非凡的多面性全面刻画了唐璜这个人物的性格。事实上，这是一部非同凡响的杰作，不但在莫扎特的创作中如此，甚至在十八世纪的音乐艺术中也占据重要地位。

若要在音乐性戏剧中找到像莫扎特刻画的这样的从头至尾都栩栩如生且又十分完整而合理的剧中人物，你非得去找瓦格纳才行。如果说这里面有什么惊人之处，那就是莫扎特有能力以十分稳健的笔触刻画像唐璜这样一位怀疑一切的贵族浪子的性格。假如你再进一步研究一下唐璜，你就能在他的华丽、他的自私、他的讥讽、他的高傲、他的好色和他的愤怒之中见到莫扎特本人的影子。在灵魂深处，唐璜即莫扎特……

这多么奇妙！我们用来形容唐璜的每一个词都已同莫扎特自已的个性和天赋联系了起来。我们已经谈过了他音乐的好色性和他的戏谑习惯；我们也讲过了他的高傲和他的脾气发作，以及他那可怕的——但合理的——自我为中心。

所以说，莫扎特究其本质是个潜在的唐璜式人物；他也能在其音乐中凭借相同因素的不同组合，彻底实现对那种与他自己的性格迥异的人物性格的刻画。连他那深得人心的博爱也是由于他迷恋唐璜的性格而得以表现的。但尽管如此，他这种充满爱意的天性却很可能刻画不出罗密欧式人物的那种狂喜。所以《唐璜》便成了莫扎特最强大的杰作，并成了天才人物矛盾品质的一个例证。

莫扎特是那些处在恋爱中并且灵魂十分恬淡的人的天然盟友。那些痛苦遭罪的人可以在别处——在那位伟大的慰藉者的怀抱中——寻求庇护;此人自己就受够了罪,并且永远得不到安慰。他就是贝多芬。

这并不是说莫扎特的命运就一帆风顺;命运对待他比对待贝多芬更残酷。莫扎特深谙各种忧伤;他体验过巨大的心理创痛、对未知事物的恐惧和灵魂孤寂的痛楚。他告诉过我们其中的某些,所用的方式连贝多芬或韦伯都不能超过。别的不说,你只需想想他的幻想曲和那首《D小调钢琴'柔板'》就够了。在这些作品中出现了一种新的魅力,我称之为"天才"——但愿这并非无礼地暗示他的其他作品中没有天才。我在这里使用"天才"一词,是指某种超越了一个人自身的东西,它给一颗否则也将是很普通的灵魂插上了翅膀;这东西是某种外在的力量寄居在这颗灵魂里,它是我们心中的上帝,是高翔于我们头上的精灵。

迄今为止,我们只考虑了莫扎特被神奇地赋予了活泼、欢乐和爱情的这一面;我们在他创造的剧中人物身上总能找到他自己的影子。而现在我们将要跨进一个更神秘的世界——他的内心世界。在这里发言的将是他的灵魂之本,是他非个性化和带宇宙意义的一种存在——这种存在是一切灵魂的共同起源,是只有天才才能加以表现的东西。

有时候,莫扎特的个人自我和他内心的上帝投入到崇高的论述中去;当他情绪沮丧、低落、寻求逃避这个世界时尤其如此。这种精神的二重性在贝多芬的作品中经常可以见到,尽管贝多芬灵魂的特点是暴烈、任性、激情加古怪。而莫扎特的灵魂则是青春的和温柔的,不时饱受多情之苦,但又充满和平;他以自已充满魅力的方式,用饱含韵律美的乐句歌唱自己的烦恼,并以流着流着眼泪就面带微笑睡去的方式来结束。正是他这种鲜花般的心灵与他卓越的天才之间的对比才组成了他的音乐中诗一样的魅力。他的一首幻想曲就像一棵树干粗壮的大树,枝条参差交错向四面伸展,上面长满细密的锯齿形树叶,开遍散发着清香的花朵。他的《D小调钢琴协奏曲》具有些许英雄气息,我们仿佛看见闪电与微笑在里面交替出现。那首著名的幻想曲和《C小调奏鸣曲》具有奥林帕斯山神的威严与拉辛笔下女主人公的那种细腻和敏感。在他的《D小调“柔板”》中,这位神祇变得更严峻了,随时准备大发雷霆;在这里,灵魂在叹息,并没有升离地面;它眷恋着人类的感情;最终,它的怨诉逐渐消沉下去——它睡着了。

有时候,莫扎特的灵魂升华得更高,把他英雄般的两重性也撇在一边,而达到了至高而宁静的境地——让人类的澎湃激情感到陌生的境地。此时的莫扎特堪与最伟大的人媲美,连晚年的贝多芬也没有达到莫扎特受其信仰的美化而达到的这种高远而安谧的境界。

可惜这样的时刻并不多见;莫扎特似乎只有在渴望消

除自己疑虑的时候才让自己的信仰作如上表述。像贝多芬这样的人必须时常重筑自己的信仰并不断谈及它。而莫扎特从一开始就是个信仰者;他的信念坚定而平静,远离不安与焦虑,所以他一般并不谈及它,而是津津乐道周围优雅而及时行乐的环境;他热爱这环境,也希望这环境爱他。然而,只要一有哪个戏剧题材为表达宗教情感开了路,或是当他对死亡的严肃关注、苦恼和预感毁掉他的生活乐趣并使他把思念转向上帝时,他就不再是平常的他了。就不是大家都熟悉和热爱的那个莫扎特了。这时的他便露出另一种面貌的端倪——若不是他英年早逝,他有可能成长为另一类型的艺术家,即适合于实现歌德的梦想的那种艺术家(把基督教感情同异教的美结合起来,成为一位有可能达到“同现代世界和解”的艺术家——这是歌德的梦想)。贝多芬努力想在其《第十交响曲》里实现的以及歌德试图要在其《浮士德》第二部里实现的正是这个梦想。

莫扎特尤其在他的三部作品里表现了神圣、崇高的情感:《安魂曲》、《唐璜》和《魔笛》。他的《安魂曲》里弥漫着至真至纯的基督教信仰。莫扎特在这部作品中把世俗欢乐从自己身边推开,并只往里面投入了他的心,带着敬畏与谦卑的忏悔同上帝讲话。充满悲哀的恐惧与结合着高尚信仰的轻柔悔悟贯穿全曲。其中某些乐句的悲怆和个性化暗示着莫扎特在为别人祈求永恒安眠的同时想到了自己。

他的宗教感情在另两部作品中也得到了宣泄。这种宣泄通过艺术家的直觉打破了只表述个人信仰的局限，而向我们展示了一切信仰的本质。这两部作品相映成趣、互为补充。《唐璜》使我们感到了宿命（命中注定）的沉重负担；唐璜作为他自己邪恶的奴隶和爱慕虚荣浮华的人；不得不背上了这个负担。《魔笛》则歌颂了善良、道德者的欢乐与自由自在。两部作品都以其纯朴的力量和宁静的美而具有了古典特征。《唐璜》的宿命和《魔笛》的安谧大概是现代艺术向古希腊艺术最大程度的靠拢，这点连格鲁克的悲剧也难以企及。《魔笛》中某些和声完美的纯洁性达到了连那些寻找耶稣最后圣餐用过的杯盘的骑士的神秘热情都难以达到的高度。在这样的作品中，一切都是那么清澈而光明。

莫扎特在这光明的笼罩下于 1791 年 12 月 5 日与世长辞。《魔笛》也在同一年的 9 月 30 日首次公演。《安魂曲》则是莫扎特在他生命的最后两个月期间写就的。这样，在他的几乎还来不及展开他生存的秘密时，就被死神夺去了生命，享年三十五岁。我们不必诅咒死亡，莫扎特把死神称为“他最好的朋友”；而他正是在死神的逼进和启发下才第一次意识到自己原来还囚禁着一股超强能力有待发挥出来呢。于是他把这股力全部投入到他最后也是最崇高的创作中去。而贝多芬在三十五岁时还没有写出《“热情”奏鸣曲》和《C 小调“命运”交响曲》呢，更谈不上哪怕是构思《第九“合唱”交响曲》和《D 大调庄严弥撒》了。

死亡固然截断了莫扎特的生命源流，但是他被免除了的余生对别人来说却因此意味着一段平静的源流。自从法国大革命（1789 年）以来，激情的骚动已经进入了一切艺术领域，并把不安带进了音乐。在这种情况下，能在莫扎特音乐的宁静中找到庇难所是值得欣慰的事。这就如同你在高高的奥林帕斯山巅寻到了庇护所。从这平静的高峰，我们可以俯瞰脚下的平原，观看来自异国他乡的英雄和诸神鏖战，倾听大千世界在他们周围发出的喧嚣，就像大洋的波涛拍击遥远的海岸传来的细语。

贝多芬而立之年的一幅肖像

贝多芬的音乐是专横的自然力的女儿；这种力量在卢梭的《忏悔录》的主人公身上也找到了发泄口。其中每曲都是一个新的花季。

我羡慕那些朝卢梭、朝贝多芬挥拳头的年轻人！他们仿佛正在同春天或秋天发生冲突；那不可避免的落叶，那不可避免的开花！卢梭和“狂飙运动”[1]，这些 4 月的骤雨，这些赤道的风暴，全都象征着一个旧社会的垮台和一个新社会的出现。而在这新社会成形之前，肯定会出现一次人的个性解放运动。造反了的个人要求个性解放的呼声既是新秩序正在形成的标志，也是它的先驱。世间的一切都来到了它自己的时代！首先是自我（the Ego），然后才是集体。

① Sturm und Drang，十八世纪七十至八十年代德国浪漫主义文学运动。——译注

贝多芬属于这些年轻的德国歌德们中的第一代；这些哥伦布们夜间在刮起大革命风暴的大海上启航之后，终于发现了他们的自我，并急切地降服了它。嗣后征服者滥用权力；他们渴望占有；这些获释了的自我中的每一个，都希望去命令、去支配。假如他在现实世界里做不到这点，他就驱使它在艺术世界里实现；对他而言，一切都成了让他在上面布署他的思想欲望、悔恨、愤怒和忧郁的阵营的耕地。他把它们强加在这个世界上。（法国）大革命之后，紧接着诞生了（法兰西）帝国。这两者贝多芬在自己的心里都听到了，它们在他的血管里奔涌的路线就是历史本身血液的循环。这是因为，就在（拿破仑）皇帝不得不等待雨果去找来一位值得这革命时代的诗人的当儿，他的壮举却启发了它自身的《伊利亚特》的诞生——这就是贝多芬在 1815 年以前写的几首交响曲；而随着这位巨人在滑铁卢的战败，贝多芬这位音乐皇帝也跟着“退位”了；他也像那头站在自己岩石上的雄鹰，被流放到失落在汪洋大海之中的一座小岛上去——事实上比这个大西洋中的海岛更失落，因为他甚至听不见浪涛拍岸的巨响。他被“囚禁”了。而当于无声处又响起他生命最后十年的自我之歌时，它已不再是当年的那个自我了；此时的贝多芬已经抛弃了那个人间的帝国，而同他的上帝站在一起了。

然而，我在画这幅肖像时要琢磨的却是贝多芬斗争时期的那个自我。而且我也只能把他的这幅肖像画成粗略的素描。因为经过一个世纪的间隔，我虽然能很容易一眼便看出这座山峰处在这条遥远时代的山脉的那个环节上，但我还是有必要辨明这座山峰在哪些方面雄踞在这条山脉之首，需要辨别那些斜坡、悬崖及把它从附近山峰分离开的那些峭壁。的确，贝多芬的自我并非浪漫主义者的自我；把它同那些浪漫风格建筑师的新哥特主义或印象主义混为一谈是很荒唐的。后者的所有特点都会让他反感——多愁善感也好，缺乏逻辑也罢，胡思乱想也罢，都同他格格不入。贝多芬是音乐家中最雄浑的一位，他身上毫无（或几乎没有）女性化的成分，也毫无孩童的那种睁大双眼的天真——对孩子来说，艺术和生活只是像玩吹五色缤纷的肥皂泡。我毫无贬损这双眼睛的意思；相反，我喜爱它们，因为我也发现，透过七彩肥皂泡看世界真是很美好的事。然而，张开双臂拥抱世界并使之成为你自己的所有，是更美好的事情——就像贝多芬做的那样。他是位男性十足的雕塑家，完全驾驭他的材料，把它放在手中随意摆布；他是位建筑大师，整个大自然都是他的工场。任何人只要纵览过贝多芬的心路历程和精神战役——从中高奏出《“英雄”交响曲》和《“热情”奏鸣曲》的胜利凯歌——都会感到，他的音乐最震摄人的地方既不是千军万马，也不是音色洪流（像柏辽兹和德彪西那样），也不是千万民众投入进攻，而是其中的和帝王一般的理性。

不过，在我们谈到他的工作之前，先来看一下这位工匠。首先让我们重新构筑一下这位作曲家的框架——他的身体。

他由得到加固的坚固材料筑成；贝多芬的心灵因而有了力量的基础。他的身材魁梧，肌肉发达；个头矮小粗壮，肩膀厚实，长着一张黑红的脸，一看便知是风吹日晒使然。他有一头又黑又硬、长而密的头发，草丛一样的眉毛，连鬓胡子向上长到眼角，前额和头盖骨宽阔而高昂，“像圣殿的拱顶”；有力的下颚“像能把坚果咬碎”；凸出的口鼻部像头狮子，嗓音也似狮吼。认识他的所有人都对他体力的充沛深感吃惊。诗人卡斯泰利(Castelli)就说他“是力量的化身”。塞伊弗里德(Seyfried)也写道：他是“一幅力量的画”。贝多芬把这种状态一直保持到晚年，直到他那不争气的侄子使他伤透了心为止。莱希阿特(Reichardt)和贝尼迪克特(Benedict)把他形容为希腊神话中的独眼巨人；其他传记作者说他是赫拉克勒斯。他是那个产生了米拉波、丹东、拿破仑等伟人的时代结出的一个坚硬、皱缩而扭曲的果实。他用频繁洗冷水澡的方法保持他的这种力量；他十分注意个人卫生，每天吃完午饭后立刻出去散步，常常散步一个下午，连入夜了也不归，然后大睡一觉，醒来后又无情地指责自己睡过了头！他的生活方式充实而简单。做什么都适度；他不贪吃，不酗酒——有人说他酗酒是误传。他同所有莱茵地区的好人一样，都爱喝葡萄酒，但他喝酒从不过度——1825至1826年的这段时期除外；当时他已极度心灰意懒，常同霍尔茨（Holz）喝酒。他爱吃鱼，超过爱吃肉，鱼他吃得津津有味。但他的伙食粗糙而乡土气：那些娇惯的胃口是忍受不了的。

步入老年以后，那个占据了他身心的恶魔把越来越多的混乱无序带进了他的日常生活。他需要一个女人来照料自己，不然他会忘了吃饭；他没有自己的家庭。但是，没有一个女人愿意把自己完全奉献给他；也许他太独立了，他的独立性会首先奋起反抗这种奉献所同时带给他的要求。

可他还是喜欢女人，需要她们；女人在他生命中占据的位置比其他音乐家都大——也许除了巴赫和亨德尔之外。以后我还要谈到这点。虽然他那贪婪的天性强烈呼唤爱情，虽然爱情也并不像人们想像的那样总是逃避他（我们一会儿就会看到，他其实对女人很有吸引力，让不止一个女人投入他的怀抱），但他总是防范她们，对女人怀有戒心；对他自己怀有戒心。他的性欲节制被人夸大了。他在1816年写的某些日记既证明了他对轻浮女人的厌恶，又验证了他曾经历过浅薄的性爱。不过，他的爱情观非常高尚，使他不会不知羞耻地在这些兽性的泄欲交合中把她亵渎。所以他最后把性从他那富于激情的生活中完全排除掉了。当朱丽耶塔·朱西亚迪（Giulietta

Giucciardi）这位旧时美人儿流着眼泪主动来找他献身时，他鄙视地拒绝了她。他忠实于对她的不好印象的神圣性，捍卫自己的艺术和圣洁不受玷污。他对申德勒说过："假如我因此就把我的生命力牺牲掉，那我还剩下什么精力来从事崇高、美好的事情呢？"

这种用精神节制肉欲，这种强壮的体格和强大的意志，这种适度的生活方式，本该保证他有极良好的健康的。罗克尔（Röckel）曾在 1806 年见过他赤身露体地在凉水里扑腾，就写道："你可以预言，他能活到玛土撒拉[①]那把年纪。"

然而，他的遗传出了问题。他很可能从他母亲那儿获得了易患结核病的遗传基因。此外他父亲和祖父的酗酒也肯定对他的身体系统有影响，虽然他从伦理上抵抗它。从早年起，他就饱受厉害的肠炎的折磨；而且可能还患有梅毒。他的视力很弱，而且还有耳聋。不过，他都不是死于这些疾病，而是死于肝硬化。况且，在他最后一次患病期间，还出现了意想不到的情况，导致出现致命的后果：首先是他在一个严寒的十二月，乘坐一辆送奶人的大车，没穿任何冬装，从乡下急匆匆赶回维也纳，结果染上胸膜炎；然后是，在他的头一个麻烦似乎止住后，又一次大发脾气导致他旧病复发。但在这栋大楼的所有裂缝中，惟

① Methuselah，《圣经·创世纪》中以诺之子，据传享年 969 岁。——译注

一危及到它根基的——而且是极其可怕地危及——还是众所周知的耳聋。

然而，大约在1800年岁末的时候——对别人来说这应该是个起点——也就是在贝多芬三十岁那一年，他已经为自己赢得了同令人尊敬的海顿并驾齐驱的永久地位，他的力量虽经磨难但似乎并没受损，而且他也自豪地意识到了这些。这已挣脱了那个腐朽的旧世界的羁绊和压制，甩掉了它的主宰和偶像，正打算向世人表明自己无愧于这新获得的自由，证实自己有能力受用它；否则还不如呆在锁链里好！对这个自由的人来说，首要的条件就是要有力量。贝多芬赞美力量，他甚至倾向于过高评介力量：Kraft über alles!（德文：力量高于一切！）他身上有点尼采的超人味道，而且早在尼采之前。如果说他能做到十分慷慨，这也是因为他的天性如此，是因为他很乐于把他赢来的战利品大方地赐与"急需救济的朋友们"。但他同时也能很无情，欠缺细致周到的考虑。我指的不是他大发起脾气来谁都不放在眼里，甚至不是指他无视比他低下的人；而是指他时时声称自己具有更强者的美德——Faustrecht（德文：使用拳头的权利，指用暴力维护自身权益），并说："力量就是那些出类拔萃者的美德，即它是我的美德。"

他充满了鄙视，不仅鄙视弱者、愚昧者、普通人，同样藐视贵族、甚至那些热爱和崇拜他的好心人。这是种可怕的对全人类的鄙视，对此他从来没有成功地完全克服过。比如直到1825年他还说："我们这个时代需要强大的精神来鞭笞那些人类中可怜的、心胸狭隘的、背信弃义的流氓无赖。"1801年，他在一封致友人阿门达(Amenda)的信中侮辱了一个叫茨梅斯卡尔(Zmeskall)的崇拜者。此人后来一直对贝多芬忠心耿耿，直到后者去世；并在贝多芬历经弥留之际的剧痛时，自己拖着病体搬到贝多芬家的附近专门来照顾他，伴他度过最后的日子。他在信中说："我完全根据他们带给我的东西来指责他及他那种人；我把他们纯粹看成是供我任意摆弄的工具。"

这种自吹自擂的讽刺挖苦他会当着最崇拜他的朋友的面夸张地表示出来，并且在他一生中爆发过不只一次，结果让他的敌人抓住并借题发挥。当霍尔茨在1825年前后同贝多芬的关系日渐密切后，出版商施坦纳提醒霍尔茨，说你真善良，肯为贝多芬效力，但他用完你之后就会把你抛弃；他对他所有的助手都这样。霍尔茨把这番话转告给了贝多芬。

这种诋毁在他一生的各个时期都使人对他产生误解；其实贝多芬是个极具人性的人。但是我们也得承认，他是爱憎过于分明，要么大慈大悲，要么嫉恶如仇、恨人入骨，且两者时常在他内心造成矛盾冲突。在他年轻气盛之时，他的成功像洪水冲垮了一切闸门，他的高傲或狂妄也就随之一泻千里。

请善良可爱的人们原谅我吧！我没有把贝多芬理想化；我怎么看他的，我就怎么描绘他。

然而，我们正是在这里才逐渐意识到了，在贝多芬的高傲、力量、残酷的命运以及他最敏感也使他最有优越感的工具——他的听觉——里，有一种俄狄浦斯式的古典的高尚美。我们还记得哈姆雷特的话：

从中我们应得到教益：
无论我们怎样抗争，
但命运还是由上苍注定。

我们这些与之隔了一百年时间的人才能看清那悲剧的真实含义。让我们跪倒在贝多芬面前呼喊："神圣哟！神圣哟！幸亏那不幸（指耳聋）降临到您头上！幸亏那厄运封住了您的耳朵！"

光有锤子还不行：还得需要铁砧。假设这厄运只降临到弱者或冒充伟人者头上，并把他的背压弯，那就不会有悲壮在里面，而只是一桩日常的事件。可厄运这次却撞上了它自己的死对头，此人要"扼住它的咽喉"，并同它拼死抗争过漫漫长夜，直至黎明——最后一个黎明——到来；他最终仰倒在地上战死，但在他的盾牌上镌刻着胜利。此人用不幸创造出丰富的宝藏，把痼疾当魔杖敲开了挡道的顽石。

让咱们回到处在命运就要来叩门的关键时期的贝多芬肖像面前，好好品味一下发生在无名暴力与这狮面人之间的这场恶战中的残忍与欢乐！

暴风雨的阴霾在这位超人的头顶上聚拢（因为崇山峻岭总是招来雷暴）。这位超人除了长着一脸麻子外，还具有他那个时代的伦理特点——反抗精神和法国大革命的火种。早在波恩时期，这些特点就已在他身上显露。年轻的贝多芬去波恩大学听未来的下莱茵行政区检察官尤洛吉奥斯·施奈德的讲座。当巴士底狱被攻陷的消息传到波恩时，施奈德在他的讲坛上读了一首热烈的诗，激起了他的学生们的热情。翌年，宫廷乐师（Hofmusicus）贝多芬订阅了《革命诗集》。施奈德在诗集里代表方兴未艾的民主势力，向旧世界投去了英雄般的鄙夷：

“我们要鄙视盲从和迷信，要折断昏君的节杖，要为人权而战！哦，任何君主的奴仆都做不到这些！时代需要自由的灵魂，它们宁愿死也不会阿谀奉承，宁要贫困也不会去受奴役……须知在这等灵魂当中，我将不会是最后一个！”

这到底是谁在说话？难道是贝多芬吗？话虽是施奈德说的，但贝多芬赋予了它们血肉。这份共和信仰的高傲宣言是发自贝多芬这位年轻雅各宾分子内心的心声。随着时过境迁，他的政治信仰会改变，但他的这种道德信念却决不会动摇。他正是带着这种共和的信念昂首步入维也纳上流社会的沙龙，并从他成功的第一天起，就毫不掩饰地向这些款待他的权贵展示这个信念。

一个行将结束的时代再没有比瓦格拉姆（Wagram）的大炮打到维也纳之前更典雅、精致和可爱的了。它使人想起（古罗马的）三头政治。不过，维也纳的这些刚迈进十九世纪门槛的巨头却比他们那位流亡的公主、他们的玛丽亚·特蕾萨（Maria Theresa）的女儿要来得有情趣和有修养多了。从没有过哪家贵族政府像他们这样如此疯狂地热爱过音乐之美，或对那些把音乐的恩泽带给人间的音乐家表示出如此多的尊重。他们仿佛要对前任忽视莫扎特，把他扔进一座普通公墓的行为表示赎罪似地。在可怜的莫扎特逝世与海顿逝世之间的这些年里，维也纳的贵族社会谦卑地向艺术鞠躬、向艺术家献殷勤，并把他们视为同自己平等引以为荣。

1808 年的 3 月 27 日标志着这种朝圣、这种皇族对音乐的加冕达到了顶点。在这天，维也纳庆祝了海顿的七十六周岁生日。在维也纳大学的门前，王公贵族们在音乐家们的陪同下，迎候这位罗豪（Rohrau）造轮匠的儿子乘坐埃斯特哈齐（Esterhazy）亲王的御驾到来。在掌声欢呼鼓乐齐鸣之中，海顿被引进大厅。洛勃科维茨亲王、萨利埃里（Salieri）和贝多芬先后走上前去亲吻他的手。埃斯特哈齐公主和另两位贵妇脱去身上的斗篷并把它们裹在这位老人的脚上，令他感动得颤抖。这番狂热、欢呼和盛情的泪水着实让这位《创世纪》的作者消受不了。他的清唱剧刚演了一半，他就含泪离去，边走边在大门的门槛前祝福维也纳。

一年以后，拿破仑的雄鹰飞临维也纳的上空，海顿在这座被占领的城市里寿终正寝，最终带着旧世界走进坟墓。年轻的贝多芬虽然熟知这旧世界亲切的微笑，知其大度地把贵族的斗篷裹在海顿这位艺术家的脚上，但他还是鄙视它；他把这斗篷践踏在脚下。他并非头一个看出高傲的贵族急于取悦他们这些来自多瑙河和罗纳河的农民（这些农民中的头两位是格鲁克和卢梭）并且向贵族对本阶级数代人施加的贬辱进行雪耻。但是格鲁克这位生性圆滑的林务员的儿子深知如何把可容忍的暴力同他对伟人的崇尚结合起来，甚至利用这些暴力来为自己作广告；羞怯的让·雅克·卢梭直到走下楼梯为止才会想起他本该说的勇敢的话，而他却向权贵鞠躬行礼、结结巴巴地说奉承话。贝多芬则不然，照旧在拥挤的沙龙里向“新世界”的权贵直露表白他对旧世界表白过的蔑视和高傲。当李希诺夫斯基亲王的母亲冯·图恩伯爵夫人、这位曾是格鲁克的朋友和莫扎特的庇护人的高贵妇女跪在贝多芬面前哀求他演奏时，他甚至都没有从沙发里站起来，就拒绝了她。

李希诺夫斯基亲王的豪宅对他是多么仁慈啊！他们把这个从波恩来的小蛮人当亲儿子看待，耐心地从事把他重新塑造的苦差，同时忍辱负重地尽量避免触及他的敏感之处。亲王夫人像祖母一样关心爱护他（这是贝多芬亲口说的话）；"她恨不得把他罩在玻璃罩下，好让不洁空气不致于玷污他"。后来，在1805年12月，就诞生了众所周知的那段发生在李希诺夫斯基宫殿晚会上的故事。在这次晚会上，贝多芬的几名好友试图拯救他在首演失败后拒不修改的《费德里奥》。于是，已患上不治之症的亲王夫人便向她婆婆呼吁此事，并恳求作曲家"莫让自己的伟大杰作毁灭"，然而数月过后，他们只是一句话没说好，让贝多芬听了觉得自己的独立性受到了冒犯，他就摔碎了亲王的胸像，跑出房屋，把门"砰"地在身后关上，并发誓再也不见李希诺夫斯基一家。他在致亲王的绝交信里写道："你之所以是亲王只是偶然的出身使然；我之所以是我，则是靠我自己赢来的。亲王现在有、将来也会有成千上万；而贝多芬永远只有一个。"

他的这种高傲的造反精神不仅针对另一个阶级，而且也针对本阶级，针对其他音乐家，针对他自己这门艺术的前辈大师，针对一切规章法则。他说过："法则禁止这种和声序列；那好，我批准它存在。"

他拒不盲从课堂上的规章制度；他只相信他自己亲身经历和验证过的东西。他只汲取从生活中直接得来的经验教训。他的两位老师，阿尔勃莱希茨贝尔格和萨利埃里，坦白地承认他一点也不欠着他们什么，因为他从不愿承认他们教过他什么；他真正的老师是他自己艰辛的个人经历。他是个造反的大天使；据车尔尼(Czerny)回忆，格利奈克(Gelinek)十分惊讶和沮丧地说过："在这年轻人身上有魔鬼！"

不过他很有耐心！圣米迦勒[①]的长矛将把他身上藏匿的撒旦挑出来。他拒绝听从权威的论断并非出于苍白空洞的自高自大。在他那个时代，人们看到这年轻人竟把自己同歌德和亨德尔摆在一起会感到极其荒谬。可他实际上就是。

他虽在他人面前傲慢，在自己面前却没了一点神气。他在向车尔尼谈到自己的缺点和欠缺的教育时说：我虽有这些不足，"但我好歹还有些音乐天赋！"谁也没有像他那样，毕生这么刻苦地工作，这么有耐心，这么坚毅而执著。被他在二十岁时摈弃的理论家到他四十岁时又会重获他的青睐，再次被他捧读。竟至1809年，在他已写出《田园交响曲》和《C小调"命运"交响曲》之后，他还从基恩贝尔格、福克斯、阿尔勃莱希茨贝尔格、图尔克、菲利浦·埃玛努埃尔·巴赫等人的书中汲取精华。他在治学

① St. Michael，《圣经》中的天使长之一，曾率领他的使者与魔鬼撒旦战斗。——译注

上的好奇心奇大无比。直到临终前他还说："现在我才刚开始学习呢。"多么有耐心，多么有韧性！生铁已从熔化的矿石中露出头角。那种从炫耀技巧的竞争和同公众激动人心的接触中滋长出来的对功名的嫉羡和狂热的追求对他来说其实只是露一小手的儿戏而已。车尔尼说，当他的朋友们向他提起他青年时代的显赫名声时，他回答："咳，那是无稽之谈！我从没想过为争名逐利而创作。藏在我心里的东西我必须把它一吐为快。所以我才作曲。"一切都服从于发自他精神世界的迫切心声。

每一位真正的艺术家都在潜意识里有股梦的洪流，虽然它们呈散漫和间歇状。但在贝多芬的潜意识里，这种梦幻生活早在耳朵失聪把他与世隔绝之前就达到了无与伦比的强度。譬如在他那首辉煌的《D小调奏鸣曲》(作品第10号之3)里的"忧郁的广板"之中，就有一种统治生命的广袤平原及其阴影的君王般的沉思冥想。而这时的他只是位二十六岁(1796年)的小伙子，可贝多芬的全部内涵已经在其中了。多么成熟的灵魂啊！既便他在流畅的和声语言方面没有达到像莫扎特那样早熟的程度；但在他的精神世界、对自己的认知与驾驭以精神及在激情和梦幻方面，他却比莫扎特早熟得多！他的艰苦童年和他早熟的经历很早就让他的这些天生的倾向和敏悟得到发展。我看贝多芬的童年就像他的一个烤面包师的邻居看它是一样的：他俯在顶楼的窗前，向外俯瞰缓缓奔流的莱茵河，两手托着头，陷入“美好而深刻的沉思”。在他的第一首钢琴奏鸣曲的诗意“柔板”中，也许就在那旋律优美的哀愁之中有他这种内心的歌唱。他还在孩提时就成了忧郁的俘虏；我们在他的第一封信里就读到了这样深刻的话：“忧郁对我来说，就像几乎同疾病一样可怕的恶魔……”但他也在很小的时候就具备了把这恶魔锁在音乐里、从而摆脱它的折磨的强大力量。

但无论他是征服还是被征服，他总是孤独的。从很小起，无论他在哪儿，无论是在街上还是在沙龙里，他都有一种奇特的力量使自己从周围超脱。冯·勃劳宁夫人常说他让人感到陌生，让人感到貌合神离心不在焉；她说他这时便是“灵魂出窍”。以后，他这种状况进一步发展，变成一条鸿沟，使他的灵魂一连数小时或几天从人们的视线里消失。这时切莫惊动他！否则很危险；这位梦游者一辈子不会原谅你的。

……

贝多芬一俟抓住了灵感就决不松手，直至把它彻底占有为止。他捕捉起乐思来劲头十足，任何事也休想分他的心。他弹钢琴的特点是连奏(Legato)多，同莫扎特弹琴典雅尖细清晰的指触形成鲜明的对比，也与同时代的所有钢琴家的触键大相径庭。他这样做不是没有根据的。因为贝多芬认为，世间万物都是有联系的，虽然表面看它们是各自独立地突出(像多眼喷泉那样)。他很能控制住自己的思想。表面上他好像是带着激情来到世上，但其实谁也猜不出他内心深处在想什么。十九世纪的最初几年，塞伊弗里德通过在客厅和在家里对他密切地观察(他们住在同一个楼里)，吃惊地发现，他听音乐时脸上不是如醉如狂，而是面无表情。塞伊弗里德说："当他倾听音乐时，你很难——甚至不可能——看出他脸上是认可还是不满。他总是面无表情。表面上他作判断总是淡漠而矜持。实际上他的内心在一刻不停地工作，尽管表面上他像块没有灵魂的石头。"

这是另一个贝多芬，同他那个看上去像暴风雨中的李尔王的通常形象不一样。不过，谁真正认识他呢？人们总是习惯于接受一时的印象。

而立之年的贝多芬，心态已达到各对立因素的稳固平衡。如果说在表面上他仍让激情自由驰骋，但在艺术中他则凭铁腕把它控制住。

他喜欢即兴弹奏；这时他就同他天才中的那个无法预见的因素搏斗起来；他的潜意识能量在即兴演奏中得到极度释放，使他必须对它加以控制。许多伟大的音乐家都是即兴演奏大师，尤其是在十八世纪，音乐的织体还很稚嫩、可塑，自由发明的精神便应运而生。尽管如此，这个昨天刚被莫扎特宠坏了的鉴赏家群体还是一致公认，在即兴演奏方面，无人能与贝多芬相比。他们还一致承认，在贝多芬的整个艺术领域里，最杰出的就是这个闻所未闻的即兴演奏的特点。尽管像黎斯(Ries)和车尔尼这样的钢琴专家已经充分描述过贝多芬的即兴演奏乐思喷涌绵延不绝,提出和解决困难的能力令人发愣,而且激情如潮、常有预料不到的迸发,我们还是很难设想它的情形。这些专家虽然早有戒心,但还是像所有人那样,很快就沦为这位征服者的牺牲品。车尔尼说,无论他碰巧在何地演奏,一律都不会遇到抵抗;听众只有目瞪口呆的伤心。"除去乐思的美妙新颖之外,他的演奏还表现了某种非凡的东西——是诗意的愤怒,"阿洛伊斯·施略瑟尔(Aloys Schlösser)这样谈论他的即兴表演。贝多芬就像普洛斯彼罗[①]:他从深渊至巅顶呼唤神灵。听众泣不成声;莱希阿尔特(Reichardt)痛哭流涕;全场没有一双干着的眼睛。嗣后,当他弹完了,当他看完了这些如泉涌的泪眼,他便耸耸肩膀,当着他们的面大声嘲笑道:"这些傻瓜!……他们不是艺术家。艺术家是用火制成的,他们是不哭泣的。"

贝多芬的这一面——他蔑视多愁善感的这一面——是鲜为人知的。有人故意把这棵橡树说成是啜泣的垂柳了。啜泣的是他的听众,他自己则控制着感情。"别哭哭啼啼!"他在同友人施略瑟尔分手时说,"男人必须在所有

① Prospero,莎士比亚剧作《暴风雨》中被篡了位的米兰大公,和女儿米兰达同被流放到一荒岛上,后用魔法取胜而复得地位及财产。——译注

事情上都坚强和勇敢。”后面我们还将看到，他也给歌德上了一节别敏感多愁的课。

如果说他在其艺术中忽略了那些践踏了他内心世界的痛苦与折磨，那也是他用意志力战胜了它们的结果。这位艺术家始终是艰难困苦的主人；它们从没让他屈服过。他不是曾当过厄运的玩物吗？好啦，现在该轮到他玩弄厄运了！他把它攥在手里，瞧着它，然后大笑。

至此，我已经描述了贝多芬在1800年的状况，描述了这位天才在而立之年的情形。这位高傲而反叛的作曲家表现出对力量的滥用；但他确实很强大，他的内心世界像浩瀚无垠的大海。不过，他也面临陷进狂妄和成功沼泽的灭顶之灾。他在心里已装着上帝，但他能证明自己是“早晨之星”吗？[①]

我使用“上帝”一词并非只是象征一下而已。我们谈论贝多芬时无法不谈到上帝；上帝对他而言是第一存在，是所有真实中的第一真实。我们将在他的思维中处处遇到上帝。贝多芬既把上帝视为同自己平等，也把他当成良师益友；他可把上帝当成同伴加以粗鲁的对待，也可当成暴君加以诅咒，也可视之为他自己本我（Ego）的一部分，或作为粗俗的朋友，或作为严厉的父亲看待（约翰·

---

① Lucifer，明亮之星，早晨之星。早期基督教著作中对堕落之前的撒旦的称呼。——译注

凡·贝多芬的这个儿子从小就领教够了父亲粗暴的对待)。然而,甭管这位神明是何物,他总是同贝多芬发生争执,他俩每时都有龃龉;他属于他家成员和他同居;他一刻都不离开。别的朋友来了又去了,只有他总是在他眼前。贝多芬总用抱怨、指责和提问来纠缠他的上帝。他内心的独白其实是他俩之间的对白。我们在贝多芬所有的作品中(包括最早的)都能找到这种心灵的对话,这种二灵合一的对话。它们有合有分,忽而拌嘴,忽而打架,但心心相映,亲密无间,你也说不清它俩是打架还是亲热。但其中总有一个声音是上帝的,谁也听错不了。

到了1800年,贝多芬虽然仍承认他的上帝,但同他发生了争执。他内心的煎熬又不间断地持续起来。每次这位主人都把他烧红的封印烙在贝多芬的灵魂上,然后等着看大火燃起。迄今只有贝多芬受其笃信宗教的朋友阿芒达的脆弱影响而点燃的初火燃起。但毕竟这火种和柴堆都已备好,只欠东风了!

风终于刮来了!

不幸在1800年至1802年之间降临到他头上,就像《"田园"交响曲》中的暴风雨——只不过在他的情形里,天空再也没有放晴过而已。这次厄运全方位地打击了他:他的社交生活、爱情和艺术。他的一切都受到了摧残,无一幸免。

首先是他的社交生活,对1800年的贝多芬来说,这可不是一桩小事。请想像一下，一位在五年之内就已向世界奉献了他的头十首钢琴奏鸣曲（包括《“悲怆”奏鸣曲》、头五首钢琴和小提琴奏鸣曲、头八首三重奏、头六首四重奏（他把它们扎成一捆扔在洛勃科维茨亲王的脚边）、头两部钢琴协奏曲、那首七首奏和那首小夜曲的艺术家会已经获得多么显著的社会地位！而这些还仅仅是那些最有名的作品，是那些在经过一百年后仍燃起人们热情的作品。请您估算一下，这位青年天才向这些作品中倾注了多少诗情画意和激情——有优美的旋律，有诙谐、幽默和沉思冥想，有尽情释放的愤怒，有忧郁的梦幻！他展示了一个崭新的世界，令他的同时代人、尤其是年轻人马上感到耳目一新。正如路易斯·施略瑟尔所说：“这位音乐英雄开启了无垠内心世界的天才之闸，创造了一个艺术的新时代。”

这些钢琴和室内乐作品享有史无前例的极高声誉。有趣的是：这位急性子的天才竟很有耐心地先使自己成为室内乐这一大领域的主人之后，才动手去征服交响曲。这实属罕见。不到三十岁，他已被公认为是最伟大的钢琴音乐作曲家。至于其他体裁的音乐，只有莫扎特和海顿被认为同他对等。从十九世纪的头几年起，他就到德国各地演出，还出现在瑞士、苏格兰和巴黎（1803 年）的音乐舞台上。而立之年，他已是未来世界的征服者了。

现在让我们来看看这位征服者，这位三十岁的贝多芬，这位了不起的钢琴大师，这位辉煌的艺术家，这头沙龙里的雄狮；他迷倒青年人，燃起人们的狂喜，虽然需要这个文雅、华丽、精致的社会，却几乎不把它放在眼里。（贝多芬从小在当了一个宫廷乐师之后，就始终生活在这个上流社会里；自从他脱离父亲那可怜的家庭并来到维也纳之后，他就从他那光棍汉的脏窝里不停地感受到这个全欧最具贵族味的氛围，并尽情陶醉其中。）就是这个贝多芬，他的粗鲁举止让好心肠的李希诺夫斯基亲王夫人一再耐心地加以改造和调教；就是这个贝多芬，他假装蔑视时尚，同时却把他那傲慢的下颚高昂过他那条时髦的三层白色老式领带，并从眼角高傲而满意地睥睨着自己给这帮人造成的效果。而立之年的贝多芬跳舞（怎样跳法？），骑马（那不幸的畜牲！）；他的迷人的幽默、开怀大笑、对生活的享受、藏而不露的文雅（十分隐蔽，但分明有！）在下面这些令人陶醉的作品中都有表现：波恩时期的《贵族芭蕾音乐》（Ritterballet，1790 年），1796 年的《小夜曲》，精致的《（维也纳爱情）主题变奏曲》（Vieni amore，1791 年），《俄罗斯舞蹈曲调变奏曲》（1795 年至 1797 年），《La Molinara 曲调变奏曲》（1795 年），轻快的德国舞曲（1795 至 1797 年），充满青春气息的欢快的圆舞曲和连德勒舞曲。切莫误以为这个人不爱社交，他可能同上流社会发生冲突，但他离了上流社会却活不了。这一事实能使我们估量出，日后他被剥夺了同上流社会的接触后，他的损失有多么惨重。

但眼下他还泡在其中享乐。他是上流社会的宠儿。不过，这位穷困的平民小伙子自知这种恩宠很不稳定……他清楚这些贵族崇拜者对自己的粗鲁、荒唐和脆弱已心存不满和戒人，清楚这些人甭管眼下多么喜欢他，明天没准儿就会把他抛弃。但他还是不肯费心去讨他们的欢心；他谁的马屁也不拍；他天生就不会溜须拍马；他宁死，也不吞吞吐吐地掩盖真相。就算他有许多忠诚的朋友，但他同时也有许多敌人，许多让他狠狠得罪过的妒忌他的竞争对手，许多让他打败了的演奏高手；此外还有怨恨他的同事，让他骂呆了气的傻瓜，甚至还有他并不想多夸两句的年轻艺术家。他对待那些把平庸作品拿来给他看的人十分粗鲁。他不善于在自己周围营造一个巴结他的信徒网。充其量，他只有一两个专业弟子。他怎么看怎么不像一个“敬爱的老师”。

他像个在走钢丝的孤家寡人，底下有一群人在咧着嘴等着他失足掉下来。只要他还对自己的身体平衡有把握，他就不把他们放在眼里。他很乐于孤身一人反对他们全体；他在钢丝上玩儿花活儿……可今天，难道命运没有给他狠狠的一击吗？要是这走钢丝的人突然眼花了怎么办？难道承认自己眼花了吗？不！他会咬紧牙关坚持下去；只要他还能看见一线光明，他就会朝前走下去。

即将笼罩的黑夜只能加剧他的创造的愤怒。

它也加剧了他的爱情。

贝多芬是个充满爱的男人。从青春萌动直到病入膏肓，爱火始终不停地在他胸中燃烧。“他从没缺过绯闻”，他的一个密友告诉我们。他对美十分敏感，只要一见到漂亮脸蛋儿必然心动（黎斯如是说），但这些爱火没有一次能燃得很久，总是一堆未熄，一堆又起。（这位情种吹嘘，他的恋爱中最严肃的那次也只持续了七个月。）但这还只是他的爱的表面现象。贝多芬恋爱起来总是很投入、很疯狂，激情澎湃，致使他的心灵会留下永远的创伤。他爱过的女人中有“小朋友”，有仅爱过一阵子的女人，也有“永恒的爱人”。你很难在严肃的贝多芬和轻浮的贝多芬之间画一条清楚的界线：这些小恋情不止一次是以戏谑开始并以认真告终的。

在十九世纪最初的这几年里，就在耳聋即将把他禁闭起来之前，贝多芬有过各种恋爱和艳情。没有一天他不是在某个维也纳沙龙里被一群年青姑娘包围起来的，其中有几名是他的学生——他永远不会拒收这种学生。她们全都向他献殷勤。我们坚称（乍一听令人吃惊）：他就是当时的时尚；是他为维加诺（Vigano）和拉·加桑蒂尼（La Casentini）谱写了那阕芭蕾舞剧《普罗米修斯的创造》，并于1801年3月26日在宫廷剧院上演。

这位让公众见了眼热的艺术家兼炫技大师在其一生

的各个阶段都吸引女人。贝多芬永远对她们施加魅力。初看之下，他既丑陋又不起眼，乍一接触可能让人感到无趣或没味；可他只要一开口说话或微笑，她们全体——轻浮的、严肃的也好，浪漫的、古板的也罢——就都拜倒在他的脚下。这时她们才会注意到他有一张优美的嘴和雪白的牙齿，一双美丽的会说话的眼睛时时映照出他丰富易变的表情：忽而优雅亲切，忽而激动，愤怒甚至咄咄逼人。无疑，她们会笑话他，以盘诘他让他出丑来寻开心。这些确实是她们的自卫手法，因为不想出这些办法他就会很危险；她们在这心智的小角斗中来确立自己对他的优越地位。当然，这些年轻漂亮富有的贵族小姐无疑会让这种冒险走得比客厅里的挑逗更远。谁也不会责怪她们这样！我们感到吃惊的是，她们中的不止一个会同时为他动心。拉玛拉（La Mara）和 M. A. 德·赫维西（M. A. de Hevesy）发表的女人写给贝多芬的书信集经常提到贝多芬"是个天使"！甚至她们一边取笑他，一边心里还在为他而神魂颠倒。她们随身带着他去她们在匈牙利的各自城堡里小住；在夜幕遮蔽下的树丛后面会常有情话绵绵和热吻阵阵，或许还有随风飘散的海誓山盟。（我们在《"月光"奏鸣曲》"激动的急板"的终曲乐章里可以听到狂怒的热风阵阵吹过。）

1799 至 1801 这几年见证了贝多芬开始同布伦斯韦克和裘西亚尔迪（Guicciardi）这两个有亲戚关系的家族热

乎起来。他轮流并同时热爱着三个表姐妹：苔茜（特蕾丝）、佩皮（约瑟芬妮）和朱莉耶塔，年龄分别为二十五岁、二十一岁和十六岁。他的爱情得到了这几位快活无常、春心荡漾的尤物尽可能好的回报——美丽风骚的朱莉耶塔，迷人的约瑟芬妮（她温柔而高傲，是三人中此时最真心爱他的那位），和庄重严肃的特蕾丝·布伦斯韦克（她长期拿不定自己的主意，因而郁郁寡欢）。朱莉耶塔在同两个表姐的竞争中占尽上风，她对贝多芬的爱情像开了闸的洪水。但是，十一年以后贝多芬致“不朽（永恒）的爱人”的书简并不是写给她的。不过，在 1801 年 11 月份，还是“这位可爱的女孩，这个小妖精，”她完全攫住了贝多芬的心，并让他坚信自己被她所爱。自他开始被“那耳聋的幽灵”困扰以来，抑郁和厌世的阴云一直笼罩着他。是朱莉耶塔驱散了这片乌云，但又让它——呜呼哀哉——更沉重地压在了他的心头！

正因为他感到那致命的耳聋在迫近，很快他就无法再瞒住别人，他才觉得必须投入一个女人的怀抱躲起来。这已不仅是个恋爱问题，而是迫切需要结婚的问题了。从现在起直至 1816 年，结婚将一直是他的希望所在——也是他聊以自慰的梦想。这可怜的男人眼见着光明一点点消失，就寻觅着一只忠诚的纤手来引导他走路。但是谁会把纤手伸给他呢？反正当时把他迷住的女人都不会。抛去门第悬殊这点不谈（就算她们自己没有门第观念，她们的父母也会给她们把关），仅就生存条件而言，他又能提供给她们什么呢？直到发现耳疾为止他还一直生活得无忧无虑。可如今他的作品只能给他带来一点收入，人家还总不付给他课时费，他仅靠临时津贴为生（钱少得伤他的感情）。为了能有点积蓄，他只好作为钢琴演奏家到德国各地和欧洲其他地方去献艺。他想到了这点，但他的耳疾迅速恶化，使他已经感到很不方便。不管怎样，他也得苦等数年才能攒到足够的钱结婚。朱莉耶塔等不了他。她嫁给了另一个音乐家（一个劣等音乐家！）一个俗人，一个业余水平的奶油小生，一个纨绔子弟，自以为是大艺术家，其实根本不懂自己的乏味之作同天才之作之间的天壤之别。她的出嫁对贝多芬来说不啻是双重侮辱。这个加伦堡伯爵，一个二十岁的后生，竟恬不知耻地在1803年冬季的交响音乐会上把自己拼凑莫扎特和凯鲁比尼而作的序曲同贝多芬的交响曲并列在一起！而朱莉耶塔竟然也同那伯爵一样不知两者的差别。她在1803年11月3日嫁给了加伦堡伯爵，即在贝多芬把他的充满悲伤和梦幻的奏鸣曲作品27号之二(《“月光”奏鸣曲》)题献“给这位伯爵小姐”一年半之后。贝多芬的幻想是短命的；这阕奏鸣曲所表现的痛苦和愤怒已经超过了爱情。在写下这首不朽的悲歌半年之后，贝多芬就在绝望中写下了“海利根施塔特遗嘱”(1802年10月6日)。

有些传记作者喜欢训斥他们书中的主人公。贝多芬的传记作者在这上面也没有放过他。在塔耶尔(Thayer)及其德国继任者们奉献给他的那些丰碑似的贝多芬传里,他们总要证明,贝多芬遭遇那么多麻烦——甚至包括耳聋——都是他活该,是他应受的。

确实,他的罪过就在于他不懂得如何去适应世俗标准。这些传记作者还热衷于证明,贝多芬虽身处逆境,但并非那么不开心!这么说也对;这不幸的人毕竟内心里还拥有他九大交响曲所表现的巨大欢乐。然而,当这些人利用贝多芬的欢笑作为论据来驳斥他的悲哀时,他们就显得既不大度也缺乏最起码的人性了……逆境虽能使艺术家完善艺术,但他们的一生却因此而极端困苦,且他们的生平实景对传记作者来说永远是个揭不开的谜!这些传记作者不懂得心理学。他们不明白他们的主人公是个心理比例失衡的人。他们用普通人的衡量标准来测量贝多芬。他们既对也错。他们的标尺使他们有根有据地宣布说贝多芬这座大山的比例失调。但这是因为他们是从下向上仰望的缘故。而这座"山"反过来也有权用他很不喜欢的"小家子气"来谴责他们,他曾在一气之下这样指责过一位好友。

假若贝多芬在他的各个角色上都做得不过分的话,那他就不成其为贝多芬了。我既不褒他也不贬他;我只是试图完整地描绘他。任何人若想理解他,就必须能包容他那些使他达到了强大的新平衡的过于强烈的对比。是的，贝多芬能够几乎在同时感受欢乐和悲伤，起码年青时如此。两者并不互相排斥，它们是他那“放电式天才”的两极，他就是借此来“放电”和“充电”他那强大的活力的。他身上最不一般之处并非他特有能力经受巨大的痛苦和强烈的爱情，而在于他天性中固有灵活性和开朗的性格。1802年的这次危机最好地证明了这一点。

贝多芬被砍倒在地上；从人类胸臆中从没发出过像他这封遗嘱式书简（从没寄出过）那样令人心痛欲裂的绝望呐喊。他估量了一下自己倒在地上的身长，像神话中的巨人泰坦那样；然后一跃而起，身上的力量增加了十倍。“不，我不会容忍它（耳聋）！”……他扼住了命运的咽喉……“你休想做到让我完全屈服。”

碰到这样坚强的天性，困苦再大也只能导致更有利于克服的反应。他的力量同他敌手的力量成正比增大。而当这被打倒在地的人又站起来时，他已不再仅仅是孤军作战了：他成了《“英雄”交响曲》中那支昂首挺进的大军！

柏辽兹

一

没有音乐家像柏辽兹那样鲜为人知——这么说好像似是而非。世人自以为了解他。沸沸扬扬的荣誉围绕着柏辽兹其人其乐。欧洲音乐界刚庆祝了他的百年诞辰。德国同法国就谁养育和塑造了他的才华争执不休。俄国——它对柏辽兹凯旋般的欢迎极大抚慰了他在巴黎受到的冷遇和敌视[①]——通过巴拉基列夫[②]之口说：他是“法国拥有过的惟一一名音乐家”。他的主要作品经常在音乐会上得到演奏；其中有些具有雅俗共赏的罕见品质；少数作品甚至达到尽人皆知的程度。许多作品被题献给

---

①“而你呢，俄国，你拯救了我……”。(《柏辽兹回忆录》)——原注

②巴拉基列夫(1836—1910)，俄国作曲、钢琴、指挥家，“强力集团”首领，对柴科夫斯基有很大影响，作品有交响诗《塔玛拉》、《俄罗斯》等。——译注

他，他本人也被众多作家加以描述和评论。连他的面部也很有名；它像他的音乐那样如此感人和独特，使你好像一见之下就能看出他的性格。在他的心灵及其创作上没有阴云笼罩；这些不像瓦格纳的作品，还需要引导和传授才能听懂。柏辽兹的作品好像没有弦外之音和云遮雾罩的神秘感，你马上就能成为要么它们的敌人，要么它们的朋友，因为你的第一印象就是你最终的印象。

这才是最棘手的地方；人们自以为能毫不费力地理解柏辽兹的作品。意义的隐晦对艺术家的伤害也许不如表面的明了来得大；藏在云雾中虽然意味着长久不被人理解，但那些渴望理解的人至少还能在探寻真相时特别小心。人们并非总能意识到，在一部结构清晰、对比强烈的作品中，也可能有深度和复杂性存在。如某位意大利文艺复兴时期天才巨匠作品中的明快，如伦勃朗[①]绘画中的心绪不宁及他对北欧黄昏的描绘，这些都是这种浅显中见深刻的例证。

这还只是第一个陷阱；还有许多陷阱将在我们尝试理解柏辽兹时困挠我们。光是接近这个人，就得打破一堵偏见与迂腐、传统与学术的势利之墙。总之，要想把他的作品从飘浮了半个世纪的尘埃中解救出来，就必须摆脱几乎所有关于他创作的现行说法。

① 伦勃朗(1606—1669)，荷兰画家，以明暗对比、构图完美、善于表现人物神情和性格见长。——译者

首先，一定不能犯把柏辽兹同瓦格纳进行比较的错误；无论是牺牲柏辽兹以成全这位德国的奥丁神（北欧神话中的主神，世界的统治者），还是牵强地试图在这两人之间搞调和，都不行。这是因为，总有一些人扯起瓦格纳理论的大旗来攻击柏辽兹；而另一些不愿作这种牺牲的人则寻求把他说成是瓦格纳的先驱，或是他的兄长，其使命就是为这位比自己更有天才的瓦格纳鸣锣开道，抛砖引玉。没有比这更荒谬的了。要想理解柏辽兹，你必须摆脱拜罗伊特的魔幻般的影响。尽管瓦格纳可能向柏辽兹学了点东西，但这两位作曲家毫无共同之处；两人的天才和艺术是截然对立的；两人分别在各自不同的领域耕耘自己的那块土地。

那种来自古典主义角度的误解同样危险。所谓“从古典主义的角度”，是指对过去传统的迷信和依恋，是指那种想把艺术局限在狭窄范围内的迂腐欲望；此风仍在评论界盛行。谁不曾同这些音乐审查官打过交道呢？他们会蛮有把握地告诉你音乐可以走多远，它必须在哪里停住，它可以表达什么以及切不可表现什么等等。这些人本身不一定都是音乐家。但这又有何妨？他们难道不是有过去的例证为凭吗？有过去的大师为凭啊！有一些连他们自己也未必理解的作品撑腰。与此同时，音乐却凭借其自身不断的发展，证明了这些人的理论的过时，并且打碎了这些不堪一击的障碍。可是这些评论家对此视而不见；他们自己不前进，也不让别人前进。这种评论家对柏辽兹充满戏剧性和描述性的交响曲持贬斥的态度。他们怎能赞赏十九世纪的这一最大胆的音乐成就呢？这些可怕的学究和古典艺术的狂热捍卫者（他们只有在一种艺术的生命停止之后才开始理解它）是桀骜不驯的天才的死敌，其危害比无数愚昧无知的人都大。这是因为，在一个像我国这样的音乐教育还很薄弱的国度，人们面对强大而又一知半解的传统势力往往怕得要死；任何人胆敢越过传统的雷池半步，就会不问青红皂白地遭到斥责。柏辽兹若不是在古典音乐之国德国找到了盟友，有哪位法国的古典音乐爱好者肯对他稍加关注呢？所以他把德国称作“特耳菲的神谕”①。年轻一代的德国乐派中有些人在柏辽兹那里找到了灵感。他创作的那首充满戏剧性的交响曲的德国移植在李斯特的扶持下生长茂盛，发扬光大。当今德国最杰出的作曲家理查·施特劳斯深受他的影响。连伙同查尔斯·马勒尔伯（Charles Malherbe）编辑出版了柏辽兹作品全集的德国著名指挥家费利克斯·魏因迦特纳也斗胆写道：“光有瓦格纳和李斯特而没有柏辽兹，我们不会走到今天。”这种来自一个讲究传统的国家的支持出乎那些古典传统卫道士的意料，使他们不知所措，同时团结了柏辽兹的朋友。

① 常对问题作模棱两可的回答。特耳菲又译“特尔斐”，古希腊城市。——译注

但是新的危险接踵而来。虽然比法国更崇尚音乐的德国先于法国认识到柏辽兹音乐中的恢宏气势和创新风格是很自然的事，但以德国人的天性是否真能充分理解一颗在本质上极端法兰西的心灵却是很值得怀疑的。也许德国人欣赏的只是柏辽兹表面的东西和他的积极创新。他们更爱听他的《安魂曲》而不是《罗密欧与朱丽叶》。理查·施特劳斯这样的德国作曲家大概会迷上像《李尔王序曲》这样微不足道的作品；魏因迦特纳这样的德国指挥家则会挑出像《幻想交响曲》和《哈罗尔德在意大利》这样的作品加以评论，并夸大它们的重要性。但是他们感觉不到他内心深处独有的东西。瓦格纳在韦伯的墓前说："英国公正地评介你，法国崇拜你，但只有德国爱你；你是她本体上的一部分，是她生命中光辉的一天，是她血液中温暖的一滴，是她心脏上的一块肉……"此话也适用于柏辽兹；要德国人热爱柏辽兹如同要法国人热爱瓦格纳或威伯一样困难。因此，你在是否全盘接受德国人对柏辽兹的判断上一定要小心，不然会陷入一种新的误解。你看到了吧，柏辽兹的追随者和反对者都在阻碍咱们接近事实。让他们走开为好。

现在我们总该没有难题了吧？非也；因为柏辽兹是个最使人产生错觉的人。在评介他自己方面，没有谁比他更能误导人了。我们知道，他写了许多有关音乐和他自己生平的著述，并在他那睿智的评论和迷人的《回忆录》①中展示出非凡的才智和悟性。你也许会认为，像他这样一位富于想像、妙笔生花的作家干起评论这一行来定是得心应手、驾轻就熟，比贝多芬和莫扎特之辈能更准确地表达细腻的情感和艺术见解。非也。正如光线太强会晃花眼睛一样，机智用过了头也会妨碍人家对你的理解。柏辽兹的心智全耗在了对细节的描写上；光线从太多的层面上反射过来，反而形不成一束强光，使人无法领略他的力量。他不知道如何支配自己的生活和创作；他甚至不做这种尝试。他成了浪漫天才和不羁蛮力的化身，意识不到自己在走什么路。我还没到想说他连自己也搞不清楚的地步，但他确实有过不知自己是谁的时候。他放任自己、随遇而安、听天由命过"机遇，那未知的神，在我生命中起着如此大的作用"(《柏辽兹回忆录》)，俨如一名北欧老海盗躺在船底，仰望天空，随波逐流；他梦幻、呻吟、大笑，听任自己陷入昏热的痴狂状态不能自拔。柏辽兹的情绪同他的艺术那样飘忽不定、反复无常。他在音乐中如同他在音乐评论中那样，常常自相矛盾，举棋不定，反反复复；他不是对自己的感觉把握不住，就是对自己的想法搞不

① 柏辽兹的文学创作水平很不均衡。其中虽不乏精美篇章，但也有不少把情感夸张到荒唐地步的段落，有些地方甚至格调不高。但他具有舞文弄墨的天赋，他的文章充满活力和情感，写到后半生尤其精彩。他的诗体散文如《耶稣的童年》和《特洛伊人》写得尤其美妙，带有优美的节奏感。他的《回忆录》总体来说属于艺术家著述中的精品。瓦格纳是位比他更伟大的诗人，但作为散文家，柏辽兹显然胜过他几筹。——原注

清楚。他在灵魂深处是个诗人，所以努力写歌剧，但他在这方面的崇拜对象在格鲁克和梅耶贝尔[①]之间摇摆不定。他有迎合大众的天才，但又蔑视大众。他是个勇敢的音乐革新者，但又听任任何觊觎者把这场音乐革新运动的控制权从自己手中夺走。更糟糕的是：他放弃了这场运动，转身背对未来，重又扑向过去。为何这样？他自己也常常搞不清楚。激情、辛酸、任性，受伤的自尊——这些因素比生活中那些严肃的东西更能影响和左右他。他是个同自己打仗的人。

下面我们还是把柏辽兹同瓦格纳对比一下。瓦格纳也常常是激情澎湃，但他总能控制住自己；无论是他的心灵风暴或世间的动乱，还是爱情的折磨或政治革命的冲突，都动摇不了他的理性和信念。他把自己的经验甚至错误都用于为他的艺术服务；他先把自己的理论阐述清楚，再付诸实践；他只有准备充分了、条件成熟了才下手。瓦格纳的成就在很大程度上要归功于他那些阐明了目标的理论著作，以及他的论点对他的巨大吸引。巴伐利亚国王在听到瓦格纳的音乐之前先迷上了他的散文，对许多他人而言，他的文章也是开启理解他音乐之锁的钥匙。我记得自己就是在对他的音乐似懂非懂时先被他的理想感染了；所以尽管他有些作品让我听了不知所云，但我对

① 梅耶贝尔(1791—1864)，德国作曲家，其歌剧场面壮观、配器独特。作有歌剧《胡格诺派教徒》等。——译注

他的信心却没有动摇过；我相信这位推理如此令人信服的天才是不会出大错的。如果说他的音乐有什么地方让我迷惑，那也只能算是我的错。瓦格纳的确是他自己最好的朋友，是他自己最值得信赖的拥护者；他的著作是指引人们穿过其音乐作品中的密林、跨过陡峭的巉岩的向导。

在这方面，你不但从柏辽兹那儿得不到任何帮助，反而会被他一下子就领入歧途，并同他一道在错误的道路上徘徊。要想领悟他的天才，你必须孤立无援地去捕捉它。他的天才确实伟大，但如同我将向你证明的那样，它被掌握在一个性格脆弱的人手中。

柏辽兹身上的一切都是误导性的，包括他的外表。在那些传奇性的画像中，他显得像个皮肤黝黑的南方人，长着一头黑发，两眼炯炯有神。但实际上他很苍白，长着蓝眼睛；据约瑟夫·德·奥尔蒂格说，这双眼睛陷得很深，目光锐利，有时笼罩着哀婉或倦怠。他的前额宽阔，三十岁时已爬满皱纹。他长着一头浓发，像E.勒古维所说，他的头发"像一把大雨伞，像猛禽嘴角的羽毛那样蓬松乍散。他的嘴轮廓清晰。双唇紧抿，嘴角处缩拢成一道威严的折皱，下额突出。他的嗓音低沉①，但讲起话来吞吞

---

① 柏辽兹在其《回忆录》里说："我是个说得过去的男中音。"他首次访德时，海辛根王子让他在他的一首作品中唱"大提琴声部"。——原注

吐吐，经常因情绪激动而声音颤抖。他会激动地讲述使他感兴趣的事情，有时举止热情奔放，但更多时候他话语不多，不甚礼貌。他中等身材，颇瘦，骨骼突出，坐下时显得比实际身高高得多。他十分好动，从故乡多菲内那儿继承了山区人酷爱走路和爬山及热爱流浪生活的品性，几乎至死未变[①]。他曾有过健壮的体魄，但贫困和放纵、冒雨步行、四季风餐露宿（哪怕地上有雪）毁掉了他的健康[②]。

但是，就在这运动员般健壮的躯体里，却寓居着一颗狂热、病态的灵魂，它充满病态的对爱与同情的渴求，并深受这种渴求的统治和折磨。他说过："这种对爱情的迫切需求正在夺去我的生命……"[③]。只要能够爱与被爱，他可以不顾一切。不过，他的爱是那种沉溺在梦幻中的青年人之爱，而绝非成熟男人的那种面对现实、心明眼亮、对所爱女人的优、缺点看得很透的强烈如火的恋情。柏辽兹为爱而爱，他爱上了爱情，所以陷在幻想和多愁善感的泥沼里不能自拔。直到生命终结，他都一直是个"可怜的小孩子，被一个他求之不得的爱搞得心力交瘁"。这个过着如此狂放、冒险生活的汉子表达起感情来却是那么细腻温柔，人们在他不朽的爱情篇章《特洛伊人》和《罗密欧与朱丽叶》中的"宁静夜"里能听到近乎少女的纯真。

---

① 他曾翻山越岭走直线从那不勒斯步行到罗马。——原注
② 这些引起他支气管炎频发和脏器感染，最终导致他死亡。——原注
③ 他在《回忆录》里写道："音乐和爱情是我灵魂的两只翅膀"。——原注

把他这种维吉尔①式的恋情同瓦格纳肉欲般的狂喜对比一下。难道这意味着柏辽兹不能像瓦格纳那样恋爱吗？我们只知道爱情及其烦恼伴随了柏辽兹的一生。最近，于连·蒂埃索先生在其有趣的书（指《海克特·柏辽兹及其时代与社会》）里发现，《幻想交响曲》引子里有一段感人的经过句的主题很像柏辽兹在十二岁爱上一个“长着大眼睛穿着粉鞋子”的十八岁姑娘时写的一首浪漫曲，其中伤感的歌词——或许是他写的歌词中最凄婉的——可以看做是他一生的写照：牺牲给了爱情和忧郁，注定心灵扭曲，倍感孤独；活在空虚的世界里，整日烦恼忧愁，令人心寒齿凉；生活单调乏味，活到头也找不着慰藉（见他的《回忆录》）。柏辽兹本人生动细致地描述过这种伴其一生的可怕的“孤独症”②。他命中注定要受苦，更

---

① 维吉尔（70—19BC），古罗马诗人，代表作为史诗《埃涅阿斯纪》。其诗作对欧洲文艺复兴产生了巨大影响。——译注

② “我不知如何形容这种可怕的疾病……我悸动的胸膛仿佛在向空间里下沉。我的心脏一边吸收某种不可抵御之力，一边感觉在扩张，直至融化蒸发为止。我的皮肤变得发烫发软，从头到脚涨得潮红。我想冲着我的朋友们大哭大叫（包括那些关系一般的朋友），让他们来帮助和安慰我，使我免于毁灭，支撑住我那一落千丈的生命。在此病发作时我并无快死的感觉，好像也不可能自杀；我并不想死——根本不想；我极想生活下去，更千百倍地活得精采。这是一种对幸福的过度渴求，缺乏养料时就变得难以忍受；只有强烈的喜悦才能满足这种渴求，使这股巨大的感情洪流找到发泄口。这不是一种忧郁或消沉，尽管它也许会接踵而来……甚至当我平静时，我也感到有点这种‘孤独症’，如在夏日的星期天，当我们的城镇毫无生气、人们都到乡下去时；因为此时我清楚人们都在脱离我而自得其乐，我感到他们不在。贝多芬交响曲中的‘柔板’（慢乐章），格鲁（转下页）

糟的是,还教别人跟着他受苦。

何人不知他对亨丽埃塔·史密斯逊的狂恋?这是一段悲伤的爱情故事。柏辽兹爱上了这位扮演朱丽叶的英国女演员(他爱上的到底是她还是朱丽叶?)。他只瞧了她一眼就被她彻底俘虏了。他大叫:“哦,我完了!”他渴望得到她,被她拒绝。从此他便陷入痛苦和痴迷状态;他像疯子似地连续几天几夜在巴黎及邻近地区游荡,漫无目的,也不休息和放松,困了就地躺下就睡;于是维尔瑞夫附近的一块庄稼地里的麦捆、塞奥附近的一块草地、耐利(Neuilly)附近结冰的塞纳河积雪的河岸……都成了他的床铺。有一次他甚至在“红衣主教咖啡馆”的一张餐桌上睡了五个小时,令侍者们大为惊慌,以为他死了。与此同时,有人不断向他灌输关于亨丽埃塔的流言蜚语,对此他一概相信。随后他开始藐视她,在他的《幻想交响曲》里公开诋毁她,并出于对她的怨恨转而向一名女钢琴家加米尔·莫克大献殷勤,同样也即刻坠入情网。

过了一段时间,亨丽埃塔又出现了。此时的她已是红颜褪尽,不再走红,还欠下了债。柏辽兹马上重燃爱火。

(接上页)克歌剧《阿尔切斯特》(Alceste)和《阿米德》(Armide)中的某些场景,他的意大利风格歌剧《台里马科》(Telemacco)中的一支旋律,以及他的歌剧《奥菲欧》中的极乐世界都会引起这种病的严重发作。但这些杰作同时也带给我解毒药,使我泪流满面,痛苦因此得到缓解。另一方面,贝多芬有些奏鸣曲的、‘柔板’、和格鲁克的《伊菲姬尼在陶利德》由于充满忧郁而使我也感到抑郁……这时我便感到心凉,天空好像灰蒙蒙的阴云满布,北风在低声哀鸣……”。(摘自《柏辽兹回忆录》)——原注

这次她接受了他的求爱。他修改了他的那首交响曲，把它献给她表示自己的爱情。他赢得她，连同她欠下的一万四千法郎的债务娶了她。他总算圆了自己的梦——朱丽叶！还有奥菲丽娅！可她到底是谁？一位迷人的英国女人，冷漠、忠实，头脑清醒。她丝毫不懂他对她的爱，可一旦当上了他的妻子，就诚心诚意也醋劲十足地爱起他来，总想把他局限在家庭生活的狭窄圈子里。孰料他的爱意又骚动起来，迷恋上了一名西班牙女演员(他总是爱上女演员、女乐师或女歌手)，并抛下可怜的“奥菲丽娅”而同玛丽·雷齐奥——这位《宠姬》中伊奈丝(Inès of Favorite)和《奥里伯爵》中的小听差——私奔了。新欢是个精明务实的女人，一位唱歌成癖但水平一般的歌唱演员。一向傲慢的柏辽兹只好一个劲地讨好各剧院的老板，好弄来角色给她演，并写违心的文章吹捧她的才华，甚至容忍她在他安排的音乐会上把他自己写的歌曲唱走调[①]。这样懦弱的性格到头来不造成悲剧那才叫怪呢。

这样一来，那个他真爱同时也真爱他的女人只好孤苦伶仃地待在她举目无亲人生地不熟的巴黎了。她萎靡不振，沉默寡言，渐渐凋萎，瘫痪在床，在八年的苦难中丧失了说话能力。柏辽兹也很痛苦，因为他仍爱着她，而且十

---

①“真是可怕之极”，他对勒古维说：“既可悲又愚蠢，不是吗？若不是我已经习以为常，我非得大发雷霆不可。”——原注

分怜悯她——“怜悯是所有情感中最痛苦的一种”。但他的怜悯又有何用？他丢弃了亨丽埃塔，任她独自受苦并死去。[①] 更糟的是，据勒古维说，他还竟让他的情妇，这个丑恶的雷齐奥，当面羞辱可怜的亨丽埃塔。[②] 事后雷齐奥不仅告诉了柏辽兹，还吹嘘了自己的所作所为。柏辽兹听了无可奈何——“我能怎么办？谁让我爱她呢。”

人们若不是了解他自己也十分痛苦的话，非对他这种人痛斥不可。让咱们说下去吧。我很想忽略这些性格特征不计，可我无权这么做；我必须把这个男人性格中的极端脆弱性讲给你听。我是说“这个男人的性格吗”？不对，他的性格堪称是个没有意志力、极端神经质的女人的性格。[③]

---

① 见柏辽兹《回忆录》中对亨丽埃塔·史密斯逊之死的感人描述。——原注

②“一天，独自住在蒙马特尔的亨丽埃塔听见有人摇门铃，便去将门打开。

“‘柏辽兹太太在家吗？’

“‘我是柏辽兹太太。’

“‘您弄错了；我要找柏辽兹太太。’

“‘我告诉您：我就是柏辽兹太太。’亨丽埃塔说。

“‘不，您不是。您说的是过去的柏辽兹太太，那个被抛弃的；我说的是那个年轻貌美可爱的柏辽兹太太。唔，那就是我！’

“雷奇奥说完扬长而去，把门重重地在身后关上。

“勒古维对柏辽兹说：‘这么可怕的事谁告诉你的？我估计是雷齐奥，完了她还将此事到处吹嘘张扬。你为什么不把她从这房子里轰走？’‘我怎能轰得了？柏辽兹声音颤抖地说。“谁让我爱她呢。”’（见勒古维著《六十年的回忆》）——原注

③ 他爱报复人正是出于这种女人的本性。报复“是种没必要但又必需的东西”，他对他的朋友希勒如是说。后者先让他写了《幻想交响曲》大骂亨丽埃塔·史密斯逊，又让他写了平庸的幻想曲《尤弗妮亚》(Euphonia)影射加米尔·莫克。——原注

这样的人注定不会幸福；如果说他们让别人也跟着不幸，那肯定是他们首先自己已经十分不幸了。这种人天生有招惹和积累麻烦的本事；他们像品酒那样品味悲伤和痛苦，连一滴也不会漏掉。柏辽兹对人生太贪，所以他苦难深重，乐不起来。事实上他的不幸也明摆在那儿，无需再渲染夸大添枝加叶（像传到我们耳中的关于他的传闻那样）。

人们对柏辽兹总是怨天尤人而说三道四，我也觉得他这样缺乏男子气，甚至缺乏男人的尊严。从表面看，从物质条件看，他比古、今和未来所有的伟人——贝多芬也好，瓦格纳也罢——都更有理由高兴和过得开心。三十五岁时他已功成名就；帕格尼尼宣称他是贝多芬的继承者。他还有什么可需求的呢？公众都在议论他，功过任人评说，剧院也勉勉强强朝他敞开大门。他的事业真的是蒸蒸日上、如日中天哩！

但只要你仔细检查一下事实（比如于连·蒂埃索先生提供的事实），就能发现，他的环境平庸得令人窒息，日子也并不好过。首先，他并非没有经济上的难处。这位三十六岁的“贝多芬继承人”作为音乐学院图书馆馆长助理的固定工资是一千五百法郎，外加他定期给《争鸣》杂志投稿——不如他的工资多，且这种投稿使他深感愤怒、羞辱和负担沉重，因为他们要他满嘴说谎。这样总共不到三千法郎，让他供养妻子和一个孩子（蒂埃索先生说“甚至两个”)。他在歌剧院筹办音乐节,结果赔了三百六十法郎。他还在1844年的国际博览会上组织了一次音乐节,票房收入是三万二千法郎,其中八百法郎归他所有。他的《浮士德的沉沦》演出,没人来为他捧场,使他赔得一塌糊涂。他在俄国的境遇要好一些,但带他去英国的经纪人却破了产。付房租和交医疗费使他终日烦恼。他的财政状况到了晚年有所改善,在他去世前一年他伤心地说:“我痛苦不堪,但我现在还不想死——我的积蓄够我活下去了。”

他生平最悲哀的阶段之一是他因为贫困而不得不放弃写一首交响曲的计划。我奇怪这结束他《回忆录》的最后一页为什么没有更为人所知,因为它触及了人类遭遇的最深隐痛。

当时,他妻子的健康状况正搅得他焦头烂额。一天夜晚,他突然产生了创作一首交响曲的灵感。它的第一乐章——一支A小调2/4拍子的“快板”——在他的脑海里回响。他爬起来正要把它写下来,转念一想:

“假如我把这点写下来,就得把整部交响曲都写完。这将是个大工程,我只好花费三四个月的时间在上面。这意味着我将不能再写文章,也就赚不到钱。等交响曲写完后,我肯定忍不住要把它复印(等于要花一千至一千二百法郎),印完后还要争取把它演出。我将开一场音乐会,而收入肯定抵不了一半花销,钱还没到手就丢掉;我这位可怜的病人的生活必需品将得不到保证；我也将既付不起我的个人开销，也交不起我儿子在船上的费用……这些考虑让我不寒而慄，我丢下手中的笔说：'算了，明天我就会把这首交响曲忘了。'可第二天夜里我又清楚地听见了这支'快板'，而且好像见到它已经谱成了曲。我恼火得不得了；我哼唱这段主题；我又想从床上爬起来……可头天的那些考虑制止了我；我硬起心肠抵制它的诱惑，硬要自己把它忘掉。最后我终于睡着了；第二天醒来时，对这首交响曲的记忆还真的永远消失了。"（柏辽兹《回忆录》）

此段回忆令人心碎。自杀也不如它来得令人难过。贝多芬和瓦格纳都没遭受过如此折磨。瓦格纳若遇上类似情况会怎么办？他会毫不犹豫地把这首交响曲写下来——并事后证明他这样做真对。但是可怜的柏辽兹性格脆弱得竟把事业牺牲给了爱情，同时又英勇得把他的天才让位给了家庭责任！呜呼哀哉！[①]

① 柏辽兹对我上面的引述可能引起的任何指责已经作了令人感动的回答。他在《回忆录》里接着写道："'胆小鬼！'某些年轻的乐迷会这么骂我，'你应该把这首交响曲写出来；你不该那么懦弱。'唉，年轻人，你们光知道骂我懦夫，却不知站在我的角度替我着想；这种事落在你们头上，你们也会别无选择。我妻子病卧在床，危在旦夕，只能痛苦呻吟；她必须要有三个护士照顾她，每天还有一个医生来给她看病；我很清楚这时冒险创作会带来什么灾难性的后果。不，我不是胆小鬼，我只是个人。我只有在她让我分得清什么是勇气、什么是残忍的前提下才崇尚艺术。"——原注

虽然他生活拮据，得不到理解，但对于他享受的荣耀，人们还是津津乐道。他那些同伴加同行——至少是那些自称是他同伴的同行——怎么看他？他清楚他所热爱和尊崇的门德尔松（后者也自称是柏辽兹的“好友”）瞧不起他，并拒不承认他的才华。[①] 心胸宽广的舒曼是惟一——还有李斯特[②]——凭直觉感觉到他是伟大的作曲家，舒曼承认自己有时拿不定主意：是该把柏辽兹视为“天才，还是音乐探险家”？[③] 瓦格纳对柏辽兹的交响曲连总谱还没读过就持蔑视的态度[④]——他当然清楚柏辽兹很有天才，但故意不理会他。1855 年两人在伦敦见面时，瓦格纳却投入了柏辽兹的怀抱——瓦格纳“热烈拥抱了他，并且泣不成声；可刚离开他（柏辽兹）不久，就在英国《音乐世界》

① 柏辽兹在《回忆录》的一条脚注里发表了门德尔松的一封信，该信坚称他是柏辽兹的“好朋友”。柏辽兹接着写下这些尖刻的话：“我刚刚在门德尔松的一摞信里看出他对我的友谊到底是什么货色。他对他母亲直率地说我‘是十足的滑稽模仿者，毫无才华可言……有时候我真想把他一口吃了’”（见《回忆录》）。此外门德尔松还说过（柏辽兹并没提到）：“他们宣称柏辽兹寻求崇高的艺术理想。我一点也不这么看。其实他只想娶个好女人。”这些侮辱他的话说得很不公平，使所有了解实情的人听了都会感到厌恶。我们知道，当柏辽兹娶亨丽埃塔·史密斯逊为妻时，她什么嫁妆也没有，只有一身债务；而他也只有三百法郎，还是一个朋友借给他的。——原注

② 李斯特后来否定了他。——原注

③ 舒曼在此谈论的是他写的《维弗利序曲》。——原注

④ 瓦格纳从 1840 年起一直批评柏辽兹，曾于 1851 年在其著作《歌剧与戏剧》里详细研究了柏辽兹的作品，并在 1855 年致信李斯特：“我承认我对结识柏辽兹的交响曲极感兴趣，我很想看看它们的总谱。您有的话，能否借给我一阅？”——原注

杂志上发表了他的著作《歌剧与戏剧》中的章节，把柏辽兹骂得一无是处”。在法国，年轻的古诺一方面极力奉承他，一方面猛挑他作品中的错（如他的《罗密欧与朱丽叶》、《浮士德的沉沦》等），再不就企图把他的作品从剧院排挤掉。在歌剧院一个叫波尼亚托夫斯基的王子倍受瞩目，而他被冷落在一旁。尽管他的《浮士德的沉沦》是法兰西献给人类的最杰出的音乐作品，但他却没等看到它在法国受到欣赏便与世长辞。人们是不是对它的演出报以嘘声了？根本没有；“他们只是对它无动于衷”——柏辽兹如是说。它没有引起注意就过去了。他的《特洛伊人》也是这种情况；虽然它是自格鲁克去世以来法国抒情歌剧中最高尚的杰作之一，柏辽兹生前都没有看到它的全剧公演。① 不过这也没什么好稀奇的。当今若想听到这些作品的演出，你得去德国。尽管柏辽兹的戏剧音乐也找到了自己的拜罗伊特（感谢莫特尔将其引入卡尔斯鲁

---

① 我已注意到一个事实，我在本书结尾的另一章里将专门探讨这个事实，就是法国人的音乐趣味——其实我认为也包括全欧洲的音乐趣味——自1835年或1840年以来呈下降的趋势。柏辽兹在《回忆录》里写道：“自从《罗密欧与朱丽叶》首演以来，法国公众对所有有关艺术与文学的事情持麻木不仁的冷漠态度，已到了难以置信的地步”。1830年，（法国公众）在观看意大利歌剧或格鲁克的作品时，连其中的半瓶醋爱好者都会大声喝彩和涕泪交加。相比之下，1840年至1870年之间的法国观众就太冷漠了。此时像有一层冰罩在艺术之上。见此柏辽兹一定是痛苦不堪。伟大的浪漫主义时代在德国已经结束。只有瓦格纳维持着给音乐注入生命的活力；他把欧洲仅存的对音乐的爱和热情都给耗尽了。

柏辽兹其实是死于这种令人窒息的现状。——原注

厄和慕尼黑)，尽管他的杰作《本维努托·切里尼》已在二十个德国城市上演(有柏林、不来梅、德累斯顿、法兰克福、汉堡、汉诺威、莱比锡、曼海姆、慕尼黑、斯图加特、魏玛等)，并被魏因迦特纳和理查·施特劳斯视为大师手笔，但哪家法国剧院的经理会考虑排演这样的作品呢？

但灾难还不止于此。同死亡的巨大痛苦相比，失败的辛酸又算得了什么呢？柏辽兹眼看着自己所有的亲人一个接一个死去：他的父亲、母亲，亨丽埃塔·史密斯逊，玛丽·雷齐奥。只剩下他的儿子路易了。他是一艘商船的船长，是个聪明、心地善良的小伙子；但同时像他父亲那样焦燥不安神经质，且优柔寡断闷闷不乐。柏辽兹说："他真不幸，各方面都像我；我们俩像一对双胞胎那样互相挚爱。"他写信给儿子说："唉，我可怜的路易，没有你我可怎么活呵？"几个月之后，他获悉，路易已经死在遥远的海上了。

他现在完全孤身一人了。李斯特 1861 年 5 月致信维特根斯坦公主说："我想像不出柏辽兹怎么能应付得了这样的打击。他既没朋友也没有追随者；既无荣耀如阳光普照，也无友谊如绿树常荫。"他耳边不再有朋友的声音，所听到的只有孤独与倦怠的恐怖交响；无论是喧闹的白昼还是寂静的夜晚，它在他耳际响个不停。他在疾病缠身中虚度光阴。他致信给本尼特说："我很消沉，心灰意懒……"他在生命行将结束前经常在致友人的信中发出的这种哀鸣。“我觉得我要死了……我悲观到了极点”(此信写于 1868 年 8 月 21 日。半年后他与世长辞)。1856 年,他在魏玛,由于长年疲劳,他得了一种急性的内脏炎症。先兆是情绪极其低落;他竟常常在街上倒头就睡。他持续感到病痛,像“一棵枯树,在雨中流泪”。1861 年底,他病入膏肓,有时持续剧痛长达三十个小时,使他疼得在床上打滚。“我在身体疼痛和精神绝望中苟延残喘。死神慢慢降临。”(此信写于 1865 年)

最悲惨的是,他在心力交瘁中竟没有任何精神依托——什么也安慰不了他的心灵。他什么也不信:既不信仰上帝也不相信永恒。

“我没有信仰……我仇恨所有哲学及类似的东西,宗教的也罢,理念的也罢……我既不能给自己开出信仰的药方,也不相信医药。”

“上帝在其彻底的冷漠中显得愚蠢而残酷。”①

他也不信仰美和荣誉,连文人和自我也不崇尚。

“一切都是过眼烟云。时间和空间消耗着美貌、青春、爱情,荣誉和天才。人生是一场空虚;死亡也不见得更好。世界像我们自己一样生生死死。一切皆虚无。对,对,对! 万物皆空……爱也罢,恨也罢;享乐也罢,受苦也

① 见他的《回忆录》。他的没有宗教信仰莫说门德尔松,连瓦格纳听了都大为震惊。——原注

罢；崇尚也罢；鄙视也罢；生也罢，死也罢……一切不过是那么回事。伟大也好，渺小也好，美也好，丑也好，又有什么关系？永恒意味着冷漠；冷漠才是永恒的。”

“我厌倦了生活；生活迫使我看到，人的心灵需要有荒唐的信仰；人天生需要有这种信仰，一如昆虫天生需要有沼泽地那样。”

“您关于尽职尽责的陈词滥调令我发笑。好一个传教士！但我身上自有一种说不清的机制，能不管众说纷纭而自行其是；我无法制止它，也就任其发挥。最让我厌恶的就是美并不为芸芸众生而存在这一确定无疑的事实。”（他并不信仰爱国主义，说：“爱国主义是什么东西？是盲目崇拜！是呆小症！”——原注）

“世界的不解之谜，邪恶与痛苦的存在，人类的冷酷与疯狂，以及他们无时不刻、无处不在施加在自身及那些最无害的造物身上的愚昧与残暴——这一切把我挤压到郁闷和无望的境地，使我像条周围全是碳火的蝎子。我充其量只能做到与世无争，避免让我自己的蝎刺招灾惹祸。”

“我已经六十一岁了；我不再抱有任何希望、幻想和抱负。我孤身一人；我对人世间的愚昧及虚伪的蔑视、以及我对人类的邪恶与残忍的愤恨都已达到顶点。每个钟头我都对死神招唤：‘你想来就来吧！’它还等什么呢？”（《回忆录》）

然而，他一面招唤死神，一面对它却充满恐惧。这是他最强烈、最痛楚、最真切的感觉。自老罗朗·德·拉索[①]以来，还没有音乐家像柏辽兹那样如此强烈地惧怕死亡。您一定还记得《基督的童年》中希律[②]统治下的那些不眠之夜，或浮士德[③]的自言自语，或卡桑德拉[④]的极度痛苦，或朱丽叶的葬礼——你通过这一切可以找到这种嗫嚅出来的对死亡的恐惧。这可怜的人儿深受这种恐惧的困挠，正如于连·蒂埃索先生公开发表的一封（柏辽兹写的）信披露的那样：——

“我最喜欢散步的地方（尤其是在瓢泼大雨中）是蒙马特尔的公墓，就在我家附近。我经常去那儿；那儿有许多东西吸引我去。前天我就在那所公墓里泡了两个小时；我在一座豪华墓石上找了个舒适的地方坐下，然后就睡着了……巴黎对我来说就像一座坟墓，它的人行道就像墓碑。到处都让我回想起死去的友人或敌人……除了感

---

① Roland de Lassus，1532—1594，荷兰最伟大的作曲家之一，文艺复兴时期最杰出的对位法作曲家之一。——译注

② Herod Agrippa，希律·亚基帕一世（10BC—44AD），也可能是指希律一世大帝。两人皆罗马帝国统治时期的犹太国王，实行传统的犹太政策，镇压犹太的基督教徒。后者统治后期凶恶残暴，曾下令屠戮伯利恒城所有男婴（因为小耶稣基督在其中）。——译注

③ 浮士德（Faust），德国中世纪传说中一个术士，为获得青春、知识和魔力，将灵魂出卖给魔鬼；德国作家歌德曾创作同名诗剧。——译注

④ 卡桑德拉（Cassandra），希腊神话中特洛伊国王普里阿摩斯之女；阿波罗向她求爱，赋予她预言能力，后因所求不遂又下令不准人信其预言。——译注

受无休止的痛苦和难以言状的倦怠，消沉之外，我无所事事。我日夜在思考我会怎样死去——是在极度痛苦中，还是几乎没有痛苦？不过我还没傻到去指望自己会毫无痛苦地死去。为什么我们还不死？”

他的音乐也像这些悲伤的话语；它也许比语言更恐怖、更伤感，因为它散发着死气。这是多么鲜明的对比：他的灵魂既渴望生命又企盼死亡。正是这种矛盾心理，使他的一生充满可怕的悲剧。当瓦格纳见到柏辽兹时，他松了一口气——总算找到一个比自己还不快乐的人了。于是他给李斯特写信（1855 年 7 月 5 日）说：“你马上就能识别出他是你的难友；我发现我是个比柏辽兹幸福的人。”

到了死神的门槛，柏辽兹绝望地转过身来面对他的最后一线光明——埃丝苔拉。她是他童年爱情的灵感所在。埃丝苔拉现在已成了祖母，老态龙钟，阴沉忧郁。他像朝圣者似地到格勒诺布尔附近的梅朗（Mey-lan）去拜见她。此时他六十一岁，她则年近七旬。“哦，往事如烟！往事如烟啊！岁月无情哟！当年不再来了！不再来了！”（《回忆录》）。

可他还是爱她，而且爱得疯狂。这可真可悲。当你看到他那颗孤寂的心有多么悲凉时，你可能就笑不出来了。你以为他不能像你我这样的旁观者一样看得清她那张堆满皱纹的老脸和他们年龄上的差距吗？他会那么轻易地把她理想化吗？要知道，他可是个最能讽刺挖苦人的人。但他此时已不想看到她的老态龙钟；他只想能依附上一点点爱，使他能在这人情冷漠的世上活下去：

> 在这世界上，除了活在心里的东西之外，一切都是虚假的……我的生命已被裹入她住的那个无名小村庄里……只有当我安慰自己'这个秋天我将在她身边度过一个月的时光'时，我才感到还能继续活下去。假如她不让我给她写信，假如我不能定期收到她的来信，我就会死在这地狱般的巴黎。

他对勒古维如是说；并坐在巴黎一条街的一块石头上痛哭。与此同时，这位老太太怎么也无法理解这种蠢事；她几乎无法忍受，就设法使他醒悟。

"一个人既已头发花白，就该远离梦想，哪怕是友谊的空想也罢……去维系这种也许今天还行、但明天可能就断的联系又有何用？"

那么什么是他的梦想呢？难道是和她生活在一起？当然不是；而是想死在她身边；是想当死神降临时感受到她在身旁。"是想依在你的脚旁，头靠在你的膝上，握住你的双手——就这样死去。"（《回忆录》）

他是个长大变老的小孩子，在死的念头面前感到困惑、痛苦和恐惧。

瓦格纳在他这么大的时候，已俨然是个胜利者了，受到人们的顶礼膜拜和阿谀奉承，并且——假如我们相信关于拜罗伊特（瓦格纳音乐节）传奇的真实性的话——事业兴旺发达，财源滚滚不断。然而瓦格纳却感到悲伤和痛苦，怀疑自己取得的成就，深感自己同世上平庸势力的艰苦斗争的愚蠢和无聊，早已“远离世俗，与世无争”①，并投入了宗教的怀抱。有一次，一个朋友看到瓦格纳坐在饭桌前做感恩祷告时十分吃惊，瓦格纳却回答：“是的，我信仰我的救世主。”②

两个可怜的造物！他们是世界的征服者，却又被世俗所征服和粉碎！

可是比较两人的逝世，那位没有信仰、同时既无力量也不淡泊欲望享受——两者有一，他就不致于那么不开心了——的艺术家之死就悲惨得多了。柏辽兹是在巴黎冷漠甚至敌视的令人发疯的喧闹声中慢慢死在加莱街他那所小屋子里的。他把自己幽闭在冰凉的寂静中；在他弥

① 瓦格纳 1882 年在拜罗伊特上演神圣乐剧《帕西法尔》时说：“是的，《帕西法尔》的诞生和成长应归功于这种逃离尘世。这是一个人毕其一生用沉着的理性和愉快的心情看透尘世的结果。而这些又当他目力所及，看到的皆是有组织的谋杀和劫掠，并被一个充斥着谎言、欺诈和虚伪的体制赋予合法地位时，他岂能不把目光挪开并厌恶地战栗呢？”——原注

② 这情景是瓦格纳的友人玛尔维达·冯·梅森堡向我描述的，她是《一个理想主义者的回忆录》这本书的镇静无畏的作者。——同上

留之际没有可爱的脸俯视他；他甚至没有对自己音乐的钟爱来作慰藉；[1]他无法清醒地回忆自己的一生，也不能自豪地回顾自己走过的路；他无法心满意足认为此生足矣地撒手人寰。他在《回忆录》的开头和结尾都引用了莎士比亚悲伤的诗句，并在弥留之际再次诵读：——

生命不过是个行走的影子，一个蹩脚的演员
在舞台上神气活现地消磨时光
然后渐渐消声匿迹：原来它是段
由白痴讲的故事，声音嘹亮，情绪夸张，
却不知所云，什么也没讲。[2]

这就是世界上最勇于创新的艺术天才之一的那颗郁闷而犹疑的心灵的真实写照。它雄辩地说明了天才和伟大之间存在着差异；两者并非是同义词。当人们谈论"伟

① 他常说自己的工作不会留下任何成果；说他欺骗了自己；说他本该把自己的乐谱都烧掉。——同上

② 布拉兹·德·布里在柏辽兹临死前的一个秋夜在码头上见到了他；他当时正从学院回家。"他面色苍白，弯腰驼背，表情沮丧而紧张，很容易让人误以为是个行走的幽灵。连他那双又大又圆的栗色眼睛也已熄灭了生命的火焰，无神而暗淡。他抓住我的手，把它在自己瘦弱无力的手里握了一会儿，用虚弱得几乎听不见的声音重复着埃斯库罗斯的话：'唉，人的一生啊！当他幸福时，一个阴影就足以使他不安；当他不幸时，他的烦恼反倒像用一块湿海绵那样被抹去，一切记忆都没有了。'"（摘引自《昨日和今天的音乐家》）——原注

大"时，他们指的是心灵的伟大、人格的高尚、意志的坚定以及——这是最重要——心理的平衡。我能理解人们会否认在柏辽兹身上有这些品质。但若是否定他的音乐天才，或是对他奇妙的创造性挑剔——他们在巴黎每天干的就是这个——那就太荒唐和可悲了。不管他是不是吸引人，他有些作品的片段——哪怕只是一点点，如《幻想交响曲》的任何一小部分和《本维努托·切里尼》的序曲——却比他这个世纪的所有法国音乐作品都表露出更多的天才（我敢这么说）。我能理解产生过贝多芬和巴赫的那个国度对他或褒或贬评介不一；但在我们法国，有谁能让我们竖立起来与他抗衡？格鲁克和塞萨尔·弗朗克[①]都是更伟大的作曲家，但他们都绝非他那个档次的天才。如果说天才就是指一种创造力，那我在全世界都找不出五个以上能超过他的天才。我在举出了贝多芬、莫扎特、巴赫、亨德尔和瓦格纳之后，就不晓得还有谁能超过柏辽兹了；我甚至举不出谁同他旗鼓相当。

他不仅仅是个音乐家，而且就是音乐的化身。他并不能驾驭自己熟悉的灵魂，反而成了它的奴隶。那些读过他文论的人了解他是如何被自己的乐思和音乐情感所支配并给搅得精疲力尽的。这些音乐上的东西体现在他身

① César Franck（1822—1890），比利时作曲家，主要作品有《D小调交响曲》、《A大调小提琴、钢琴奏鸣曲》，作品宗教气氛浓郁，描写个人内心世界的矛盾痛苦。——译注

上其实就是狂喜或是惊厥的阵阵发作。起初是“出现昏热的激动情绪；血管狂跳，热泪横流。随后发生肌肉的阵阵痉挛，手脚完全麻木，视觉和听觉神经部分麻痹；他什么也看不见，什么也听不着；他头晕目眩，处于半昏迷状态”。遇到他不喜欢的音乐，他就表现相反，是苦不堪言，“浑身难受、不自在，甚至恶心想吐”。

音乐垄断了他的本性，这点清楚地表现在他的天才火花的突然迸发上。[①] 他的父母反对他想当音乐家的想法；直到二十二三岁了他还由于性格薄弱而勉强屈从他们的意愿，开始在巴黎学医。一天晚上，他听了萨利埃里的《斑蝶》(Les Danaides)。他顿觉如雷灌耳，跑到音乐学院图书馆去读格鲁克的总谱。他废寝忘食，如醉如狂。《伊菲姬尼在陶里德》的一场公演使他彻底完了。他开始拜莱絮厄尔为师学习音乐，然后进巴黎音乐学院就读。翌年(1827 年)，他创作了《法兰克人士师》(Les Franck-Juges)；两年后又创作了《浮士德的八个场景》，成为后来他写的戏剧《浮士德的沉沦》的核心；[②]三年后，他的《幻想交响曲》就问世了(始作于 1830 年)。而此时他还没有获得过“罗马(作曲)大奖”呢！不仅如此，他在 1828 年就已

① 事实上，他的天才从儿时起就有迹象，比如他在《法兰克人士师序曲》和《幻想交响曲》中运用了他在十二岁时创作的五重奏中的曲调和乐句(参见《回忆录》)。——原注

②《浮士德的八个场景》取材于歌德的悲剧《浮士德》。——原注

经酝酿出《罗密欧与朱丽叶》的雏型，1829 年就已写出了《雷里奥》(Lelio)的部分乐谱。你还能在哪儿找到比这更辉煌的音乐创作的开端呢？拿瓦格纳同他对比一下吧。瓦格纳像他那么大时，正在怯生生地写《仙女们》、《爱情的防线》(Défense d'aimer)和《黎恩济》。他开始创作这些作品时虽然只有二十多岁，但完成它们却是在十年之后；比如《仙女们》是在 1833 年问世，是年柏辽兹已经写出了《幻想交响曲》、《浮士德的八个场景》、《雷里奥》和《哈罗尔德在意大利》。《黎恩济》到 1842 年才公演，在柏辽兹的《本维努托·切里尼》(1835 年)、《安魂曲》(1837 年)、《罗密欧与朱丽叶》(1839 年)和《葬礼与凯旋交响曲》(1840 年)之后——也就是说，是在柏辽兹已经完成了他所有伟大的作品并已经进行完他的音乐革命之后。这场革命是他独立进行的，即没样板，也无指导。他在巴黎音乐院时除了听听格鲁克和斯庞蒂尼[①]的歌剧之外还听过谁的音乐呢？他在创作《秘密法庭的法官序曲》时，连威伯是谁都不知道。至于贝多芬的作品，他只听过一段“行板”而已。[②]

---

① Spontini, Gaspare(1774—1851)，意大利歌剧作曲家。——译注

② 为了弥补这一不足，他在 1829 年发表了一篇关于贝多芬生平的文章，其中他对贝多芬的欣赏明显超前于他那个时代。他在文中写道：“《合唱交响曲》是贝多芬天才的终极体现。”他还以极优秀的洞察力谈到了贝多芬的《升 C 小调第四交响曲》。——原注

的确，他是个奇迹，是十九世纪音乐史上最令人吃惊的一个奇观。他的成年时代贯穿着这种大胆的革新精神；无怪乎面对这样一个天才，没人会怀疑帕格尼尼的举例，欢呼柏辽兹是贝多芬的惟一继承人；同时人人也能看到，年青的瓦格纳在那时是个多么可怜的小人物，只能吭哧吭哧地写出一些自以为得意的平庸之作。不过瓦格纳很快就收复了他的失地，弥补了他的缺损；因为瓦格纳毕竟清楚自己需要什么，而且一经确定自己的需要后便去执著地追求。

柏辽兹在三十五岁时，随着他的《安魂曲》和《罗密欧与朱丽叶》的问世，他的天才达到了巅峰。这是他的两部最重要的作品，也是人们感受迥异的两部作品。我个人非常喜欢其中一部而不喜欢另一部；但两部作品都在艺术上开创了两条了不起的新路；两者都在柏辽兹发动的这场革命的成功之路上架设了两座巨大的拱桥。过一会儿我再回过头来谈这两部作品。

可是柏辽兹此时已经老了。他的日常操心事和风暴般的家庭生活(他在 1842 年离开了亨丽埃塔·史密斯逊；她死于 1854 年)，他的失望和恋情，他那份平庸并且经常使他掉价的工作，很快就使他心力交瘁，并最终耗尽了他的能量。“你相信不?”他致信他的朋友费朗，“过去经常激发我产生音乐灵感和激情的东西现在却使我无动于衷，甚至蔑视。我觉得自己正在飞快跑下一座山峰。生命太短暂了；

我注意到，终结的念头已经陪伴我有一段时日了。”在1848年，四十五岁的柏辽兹在他的《回忆录》里写道：“我发现自己太老了，太疲倦了，太缺乏灵感了。”瓦格纳在四十五岁时已经耐心地推出了自己的理论，并且事业如日中天，正在创作《特里斯坦和伊索尔德》和《未来的音乐》。虽然他遭到评论家的抨击，并且不为公众所知，但“他保持镇静，坚信自己在五十年后将成为音乐世界的主人”。（此话为柏辽兹本人以嘲讽的口气写在1855年的一封信里。）。

柏辽兹心灰意懒。生活战胜了他。这并不是说他丧失了他的艺术；相反，他的创作变得越来越炉火纯青，臻于完美；他早期的任何作品都达不到他晚年创作的《基督的童年》（1850—1854）和《特洛伊人》（1855—1863）中的某些片段的那种至真至纯和尽善尽美。但他此时已是力不从心；他当年的热情和敏锐、他的革新想法和他的灵感（灵感如潮在他青年时就取代了他的缺乏自信，很大程度上弥补了后者的不足）正在弃他而去。现在他完全依靠过去在进行创作，如《浮士德的沉沦》（1846）就撷取了《浮士德的八个场景》（1828年）中的精华；他从1833年起就一直在酝酿《贝亚特里斯与贝内迪克特》（1862年完成）；《特洛伊人》中的乐思也是受到了他自童年起就对维吉尔的崇拜的启发。然而他现在完成一部作品要花费很大的气力！当年他创作《罗密欧与朱丽叶》只花了七个月的时间，并且“考虑到无法足够快地写下《安魂曲》的乐思，他曾采用过一种音乐连记法”(《回忆录》)。而到了晚年,他创作《特洛伊人》却用了七八年时间,其间情绪反复无常,忽而热情,忽而厌倦,并时时对这次创作感到麻木和疑虑。他犹犹豫豫、步履蹒跚地探索着他的创作之路,几乎不明白自己在干什么。这部作品中的一些较平庸的章节他反倒感到很满意,如拉奥孔的场景,“特洛伊人在特洛伊”最后一幕的终场,以及“特洛伊人在迦太基”中埃涅阿斯的最后一景。斯庞蒂尼式的空洞浮华掺杂着最高尚的剧情。不妨说,他的天才演变成使他自己也感到陌生的东西:它成了一种下意识力量的机械运作,就像“洞穴中钟乳石滴水”那样。他已没有了动力,(创作)仅成了一种消耗时间,水滴石穿,慢慢地洞穴之顶总会打开。人们对他以这种悲哀绝望的心情从事创作感到震惊;他简直是在给自己立最后的遗嘱。这部歌剧写完了,他的一切也就终结了。他的创作也到此为止;假设他再活一百年,他也不会有心气再写什么音乐了。剩下的惟一事情,就是默默地裹好自己,静静地等死。

哦,可悲可叹的命运!有些伟人的生命活得比他们的天才长久,可柏辽兹却是天才超过了他求生的欲望。他的天才仍在那儿;你能感觉到它在“特洛伊人在迦太基”第三幕的那些庄严壮丽的篇章里。然而柏辽兹却已不再相信自己的力量;他对一切都丧失了信念。他的天才之树由于缺乏养料而渐渐枯萎凋残;它成了悬浮在空坟之上的一束野火。瓦格纳在他晚年的同一时刻,灵魂正在保持其光辉的飞扬；它在征服了一切之后，取得了为追求信仰而不惜抛弃一切的至高胜利。《帕西法尔》中的神圣之歌仿佛回响在一座辉煌的圣殿里，并且用以下的福音回答了阿姆福塔斯（Amfortas）苦难的呼唤——“Selig in Glauben! Selig in Liebe!”（德文：“在信仰中极乐！在爱情中极乐！”）

二

柏辽兹一生的创作并不是分布得很均匀，它是在几年之内完成的。他的创作活动不像瓦格纳和贝多芬那样似一条长河的不息奔涌，而是像一座天才火山的一次性喷发，其火焰把整个天空映红片刻，然后就逐渐熄灭（1830年，鲁杰·德·李斯勒称柏辽兹为“一座喷发的火山”。）。下面我就试着向你阐述这团奇异的火焰。

有些柏辽兹的音乐品质奇妙得无需我在这里再加赘述。他的器乐色彩十分绚丽迷人，摄人心魄；[①]他对音色有非凡的独到发现；他发明了新型的混音细微层次（nuances），如在《安魂曲》的“Hostias et preces”（赎罪与祝愿）

---

① 加米尔·圣-桑先生在其《肖像和回忆》中写道（1900年）：“任何人在听到乐队演奏柏辽兹的乐谱之前阅读它们，都想像不出它们会产生什么效果。各乐器都好像是以藐视所有常识为目的而组合起来的；用行话来讲，就是它好像‘不该这么发音’。可是它不但这么发了音，而且效果极好。就算我们在里头时常找出点风格上的晦涩之处，它们也不是出现在乐队里的；这就好像是火线一缕缕透射进去，并像一颗钻石的各层面那样熠熠生辉。”——原注

中那段著名的长笛与长号的混合乐段，又如对小提琴和竖琴混合和声的奇妙运用。此外他的乐队十分庞大，音色十分朦胧。这一切很有利于表现微妙的思想和情感。[①]想像一下如此创新在当时引起的轰动吧。柏辽兹在第一次听到它们的效果时是第一个大吃一惊的人。他在《法兰克人士师序曲》的演奏现场失声痛哭，撕扯自己的头发，并俯倒在定音鼓上泣不成声。在柏林演出自己的《Tuba mirum》（喇叭喧鸣）时，他几乎晕倒。与他最接近的作曲家当数威伯，可正如我们已知的那样，柏辽兹到了晚年才认识威伯。可是威伯的音乐远不如他的音乐那么丰富和复杂，尽管它充满神经质的华丽和梦幻般的诗意。总之，威伯比他世俗得多，而且更像个古典主义者；他缺乏柏辽兹的那种革命激情和平民般的蛮力；他不如柏辽兹那样富于表现力，不如他气势宏大。

柏辽兹怎么能几乎从一开始就拥有配器法的天才呢？他本人说过，他在音乐学院的两位老师没教过他一点管弦乐配器法：——

> 莱絮厄尔在这方面的知识很有限。莱沙的木管乐器知识特别丰富，但我觉得他在它们的配器组合上

① 应该指出，柏辽兹在其《现代配器法和管弦乐法》一书（1844 年问世）中提出的高论并没有在理查·施特劳斯这里失传，后者刚刚出版了这本书的德文版，其最著名的管弦乐曲中的数首也正体现了柏辽兹的见解。——原注

观念不是很先进。

柏辽兹是自学成才。他习惯在观看歌剧演出时边看边读它的总谱。他说[①]:“通过此法,我开始熟悉管弦乐队的使用法,知道了它的表达法和音色,以及大多数乐器的音程和构造等。通过认真比较某种乐器及其产生的音响效果,我了解了把音乐表现同乐器法这门特殊艺术联系起来的那种内在机制;但在这上面没人引导我入门。我是靠研究三位现代大师——贝多芬、威伯和斯庞蒂尼——的方法,靠不带偏见地系统了解乐器法的传统以及那些很少应用的形式和组合、靠同乐器演奏家们交谈、靠让他们在不同乐器上奏出我要求的效果、再加上一点我的直觉,而掌握了管弦乐配器法的。”(《回忆录》)

没人怀疑他在这方面是个创始者。没人对瓦格纳戏称他“像个鬼才”表示异议,或对他在表达技能上表现的驾轻就熟无动于衷。他对洪亮音响的驾驭加上他的创造力,使他成为音乐的魔术师和音色及节奏的主宰。连他

---

① 一个事实可以证明柏辽兹的这种本能:他是在并不真正了解乐队是否能演奏的情况下创作了《法兰克人士师》和《维弗利》(Waverley)的序曲的。他说:“当时我完全不了解某些乐器的构造和功能,便在写完《秘密法庭的法官》序曲中那段长号的降D调独奏后,很担心它会不会特别难演奏。我只好非常着急地去找歌剧院乐团的一名长号手请教。他看了这段独奏后要我放心,说:‘这个降D调是长号这种乐器最欢迎的调性之一;您可以指望这一段独奏吹出极好的效果。’”(《回忆录》)——原注

的敌人也承认他有这种天赋，譬如瓦格纳。后者不公正地企图把他的天才局限在狭隘的范围之内，并把它贬低为“一架带着无穷独创性和绝对足智多谋之轮的车辆……机械制造上的一个奇迹。”①

尽管柏辽兹不是触怒便是吸引人，但他还是凭其性急的热情，日渐增长的浪漫和丰富的想像力总是给人以诧异；这些特点正在并将继续使他的作品成为他这个时代最有诗情画意的杰作之一。他那猛烈的狂喜和绝望之力，他那强烈的爱憎，他对生活的永远渴求，这些都是使《本维努托·切里尼》中的民众和《浮士德的沉沦》中的大军热血沸腾、群情激昂的因素。它们撼山岳，惊天地，泣鬼神，绝不会被消灭，并始终保持如饥似渴的贪婪和“热情，哪怕主题远离激情；但同时也能表达柔美的情感和深沉的宁静”。②

对于这种火山爆发般的强力以及这种青春与激情的

① 瓦格纳在其《歌剧和戏剧》(1851年出版)一书中写道：“柏辽兹在估算机械性能方面表现出着实令人吃惊的科学知识。如果说我们当今工业机器的发明者们可以被视为今天人类的救星的话，那么，柏辽兹则可以当之无愧地被视为音乐界的救世主。这是因为，由于有了他，音乐家们可以依靠多种使用简单的机械手段来创造各种令人吃惊的音乐效果……柏辽兹无可救药地被埋葬在他自己的各种发明的废墟底下了。”——原注

② 柏辽兹在其《回忆录》里写道：“我的音乐的主要特点是富于激情的表达、内在的热情、富于节奏的脉动和不可预见的效果。所谓‘富于激情的表达，’是指不顾一切地努力再现(音乐)主题的内在情感，哪怕这主题同激情相悖——比如说讲的是柔情或深沉的宁静——也罢。这种富于激情的表达可以在《基督的童年》里找到，更可以在《浮士德的沉沦》中的‘天国’(Le Ciel)一景及《安魂曲》的‘圣哉经’中找到。”——原注

洪流，人们尽管可以说三道四，但却不可能加以否认；否认它们的存在，无异于否认太阳的存在。

至于柏辽兹对自然界的热爱，我就不详述了。正如普吕多姆先生指出的那样，这种热爱是像《浮士德的沉沦》这样的作品的灵魂；其实一切伟大音乐作品的灵魂无不浸透着这种对大自然的爱。除了贝多芬，没一个音乐家像他那样深刻地爱着大自然。瓦格纳本人也没意识到这种爱在柏辽兹心里激起如此强烈的情感①，更看不到这样受会何等饱满地浸透着《浮士德的沉沦》、《罗密欧与朱丽叶》和《特洛伊人》的音乐。

然而这位天才还有其他非凡的特点比较鲜为人知。首先就是他的纯美或唯美性。柏辽兹表面的浪漫主义很容易使人们看不到这一点。其实他有一颗维吉尔式的灵魂（维吉尔风格即田园的，古朴的，清俭的，拉丁时代农事的）。如果说他斑斓的色彩使人联想到威伯，那么他的构图则往往具有意大利人的温和与文雅。瓦格纳从没具有过这种拉丁意义上的对美的热爱。谁曾像柏辽兹那样透彻理解过这种南方的大自然，美丽妖娆的地形地貌与和

---

① 1855年9月10日柏辽兹致信瓦格纳："您在《尼伯龙根指环》中把冰河都融化了！置身大自然中创作的感觉一定特别好。这是种我无缘享受的福分。美丽的风景，高耸的群山，一望无际的大海……这些都使我发痴发傻失去自我，而不是激发我产生灵感。我直接感受到了（自然的美），但却不能把我的感受表达出来。我只有在见到井底月亮的倒影时才能描写月亮。"——原注

谐流畅的动感呢？自格鲁克以来，曾有谁像柏辽兹那样如此清晰地窥透古典美的秘密呢？自《奥菲欧》问世以来，还没有人用音乐雕刻过一幅像《特洛伊人在特洛伊》第二幕中安德洛玛刻[①]入场那样的充满古典美的浅浮雕呢。在《特洛伊人在迦太基》中，埃涅伊特[②]的花香弥漫在爱意绵绵的夜里，我们能见到天空闪着星光，听到大海吐着絮语。柏辽兹的有些旋律就像雕像，像雅典建筑圆柱中楣的纯净线条，像美丽的意大利少女的端庄姿态，像回响着神灵笑声的阿尔巴尼亚群山那起伏蜿蜒的侧影。他不但感受到地中海沿岸的美并把她演绎成音乐，而且创造了无愧于这出古希腊悲剧的艺术形象。仅举出他创造的卡桑德拉就足够把他列入音乐史上最伟大的悲剧诗人行列。他的卡桑德拉同瓦格纳的布伦希尔德[③]形同姐妹，并驾齐驱；且她还具有出身更高贵血统的优势，其心灵高尚、意志坚忍、行为适度的优点连索福克勒斯本人也定会爱上她的。

柏辽兹的音乐自发地源于（古希腊、罗马）崇高的古典传统，这一点一直没有受到人们足够的关注。人们并没有充分认识到在所有十九世纪的音乐家当中，他是拥有

---

① Andromache，希腊神话中特洛伊王子 Hector 的妻子，以对丈夫忠贞著称。——译注

② Eneid，古罗马诗人维吉尔用拉丁文写的一部史诗，共十二册，叙述 Aeneas（埃涅阿斯）在特洛伊陷落以后的经历。——同上

③ Brünnhilde，德国史诗《尼伯龙根之歌》中的人物，国王 Gunther 之妻。——译注

最高程度的造型美感的音乐家。人们也不太承认他能写出优美的流畅的旋律。在当前盛行的认为柏辽兹缺乏旋律创作的偏见当中,魏因迦特纳偶然翻开《本维努托·切里尼》序曲的总谱,结果吃惊地发现,在这首只有十分钟的短曲子里,竟有四五支——而不是一两支——充满丰富变化和独创的旋律:

“我开始大笑,既为我发现了这一宝库感到开心,也为我发现了人们的判断如此狭隘感到悲哀。我在里面数出了五支主题,全都造型丰满,富于个性表现;且构造精妙,变化多端,渐次递进,达到高潮,然后以极富感染力的效果结束。而它的曲作者竟被评论家和公众胡说成创造力贫乏!从这天起,在我心目中的艺术共和国里,便又多了一位伟大的公民。”①

在此之前,柏辽兹早在1864年就写道:

“人们不难相信,甚至不用限制我只写一支短小的旋律作为一部作品的主题(那些最伟大的作曲家常常如此)我也总会力求把许多旋律写进我的作品。对这些旋律的质量、特点、独创性、魅力什么的,人们当然可以品头论足(用不着我来判断它们),但若否认它们的存在,则既不公平,也不明智。它们常常是大规模的,需要你站在宏观角度来审视;不成熟或近视的音乐视觉也许无法辨清它们的形态;它们也许又会

① 摘自《音乐指南》〔Musikführer〕,1903年11月29日。——原注

由附属的枝节旋律陪伴，后者对于有限的音乐视觉来说，也许会遮住那些主要旋律的庐山真面目。浅薄的音乐家最终也许会发现这些旋律太不像那些被他们称之为‘旋律’的滑稽小玩意儿，而他们自己却两者都写不出来。”(《回忆录》)

而在柏辽兹的这些旋律里充满了多么丰富的变化啊：有格鲁克风格的抒情歌(如卡桑德拉之歌)，有纯粹的德国浪漫歌曲(如玛格丽特唱的“爱情——炽烈的火焰”)，有仿贝里尼[①]宁静愉快体裁的意大利风格旋律(《本维努托·切里尼》中 Arlequin 唱的小咏叹调)，有宽广辽阔的瓦格纳式的乐句(如《罗密欧与朱丽叶》的终场)，有民歌(如《基督的童年》中的牧羊人合唱)，还有形式最自由最现代的宣叙部(如浮士德的独白)。这最后一种体裁是柏辽兹本人的发明，特点是展开充分，轮廓柔韧，层次丰富微妙，错综复杂。

我说过，柏辽兹具有表现悲剧性忧郁性格、对人生消极逃遁以及临终前精神极度痛苦的罕见天赋。一般来说，你可以称他是个伟大的哀歌(或挽歌)作曲家。昂勃罗斯(Ambros)是个洞察力敏锐且不带偏见的评论家。他说：“柏辽兹是个用内心的喜悦和深层的情感来感受生活的音乐家。所以他感受到了别的音乐家(贝多芬除外)以前从没有感受到的东西。”海涅把柏辽兹的独创性看得一

① Bellini，Vincenzo(1801—1835)，意大利歌剧作曲家，其旋律优美抒情，代表作有《诺尔玛》、《梦游女》和《清教徒》。——译注

清二楚，称他是“一只巨大的夜莺，一只像老鹰那么大的云雀”。这么比喻不仅形象，而且十分贴切。柏辽兹巨大的创作力服务于他那颗孤独凄凉同时又温柔细腻的心；他一直没有贝多芬、亨德尔、格鲁克甚至舒伯特的那种英雄气概。但他具有一位翁布里亚画派①画家的全部迷人之处，尽数体现在《基督的童年》中；他的音乐还具有甜美和内心悲哀的性格，具有催人泪下的力量和凄婉的激情。

* * * *

现在我来谈谈柏辽兹强大的独创性。人们很少谈到他的独创性，而正是这种独树一帜使他不仅仅成为一名伟大的作曲家、贝多芬的继承人以及如有些人所称的“瓦格纳的先驱”，而且还更多。正是这种独创性使他有资格以“未来艺术”的创始人和新音乐的倡导者著称。在这点上，连瓦格纳都难以望其项背。但他的独创性直至今日还几乎不被人所感知。

柏辽兹的独树一帜具有双重含义。他的天才的极端复杂性使他触及到他艺术的两个对立的极端，并向我们表现出音乐的两个截然不同的侧面，即她作为颇具影响的大众艺术的一面，和她向自由任意发展的一面。

实际上我们现在全都受着过去音乐传统的奴役。一

---

① 意大利文艺复兴时期画家拉斐尔就属于此画派。翁布里亚是意大利中部和北部一地区。——译注

代接一代，我们已经习惯于背负这沉重的枷锁往前走，致使很少感受到它的存在。自十八世纪末以来德国垄断了音乐，其后果是，音乐的传统——在此之前的两个世纪里它一直基本上是意大利的——现在变得几乎完全是德国的了。我们用德国模式进行音乐思维；构思短句及其发展与平衡，用经过德国大师慢慢锤炼而成的外国思维进行音乐作品的全部构思和具体创作。这种德国对音乐的统治自瓦格纳大获全胜以来变得尤为彻底和沉重。这一辉煌的德国时期雄踞世界乐坛，它像只鳞状怪兽，长着千只爪，伸向四面八方，囊括一页页乐谱，一幕幕剧情，一个个场景，乃至整部整部歌剧。我们不能说法国作家都尝试用歌德或席勒的风格来写作；但可以说法国作曲家都尝试过并仍在尝试用德国音乐家的思维方式来作曲。

这有什么好惊奇的？我们还是冷静地面对这个现实为好。可以这么说，在音乐上，我们没有任何纯法国风格的大师。我们所有最伟大的作曲家都是外国人。最早法国歌剧学派的创始人吕利是意大利佛罗伦萨人；第二法国歌剧学派的创始人格鲁克是德国人；第三学派的两个奠基者则是意大利人罗西尼和德国人梅耶贝尔；法国喜歌剧的始作俑者是意大利人杜尼[①]和比利时人格雷特里[②]；给现代法国歌

---

① Duni，1709—1775，意大利歌剧作曲家，法国谐歌剧创始者之一。——译注
② Gretry，1741—1813，法国歌剧作曲家，出生于比利时的列日。——译注

剧带来翻天覆地变革的弗朗克也是比利时人。这些人随身带来了独属各自种族的特点和风格，他们试图建立一种“国际风格”（比如格鲁克），借此抹去了法兰西精神中那些更具个性的特点。在所有这些风格中，最法国化的当属“喜歌剧”；它也是两个外国人的发明。由于它比得到普遍承认的更多源于“谐歌剧”，故它也远不能代表法国。有些更理性的（法国）人一直试图摆脱这种意大利和德国影响，但他们的努力至多达到创造了一种介于德、意之间的风格，其代表作是奥伯[①]和昂勃鲁瓦斯·托马斯（1811—1896，法国作曲家，法国浪漫主义歌剧杰出代表）写的一些歌剧。

在柏辽兹之前，事实上只有一位一流音乐大师为解放法国音乐作出过极大努力，他就是拉莫[②]。不过，虽然他很有天才，但他还是被意大利音乐征服了。

因此，迫于强大的环境影响，法国音乐只好在外国的音乐形式中孕育。一如德国在十八世纪试图模仿过法国的建筑和文学那样，法国在十九世纪也养成了在音乐上说德语的习惯。由于大多数人说的多于想的，所以连思维本身也变得德语化了；而正是由于这种音乐传统的模糊性，致使人们很难发现真正具有自发性的法国音乐思维模式。

然而柏辽兹的天才都凭本能找到了这种模式。他从

① Auber，1782—1871，法国歌剧作曲家，创作歌剧四十五部。——译注

② Rameau，1683—1764，法国音乐理论家，作曲家，著有《论和声》，代表作为歌剧《皮格梅良》等。——译注

一开始就致力于把法国音乐从令其窒息的外国传统的压迫下解放出来。[①]

从各方面讲他都适合扮演这一角色，连他的缺陷和孤陋寡闻都成了优点。他接受的古典音乐教育是残缺不全的。圣-桑先生告诉我们，"过去对他来讲是不存在的；他不理解那些古典作曲家，对他们的了解也仅限于读过关于这些人的书籍。"他不知道巴赫。多么幸运的无知啊！他可以在不受德国清唱剧的大师的事绩和传统的干挠下写出像《基督的童年》这样的清唱剧。有像勃拉姆斯这样的人，他们终其一生都不过是在反映过去。[②] 而柏辽兹从不寻求成为除他自己之外的什么人。所以他才创作了

① 瓦格纳把柏辽兹同奥伯作对比，认为后者才是真正的法国作曲家，这是很可笑的。奥伯的歌剧其实是德、意风格的混合体。这表明瓦格纳同大多数德国人一样，无法领会法国音乐的真正独特之处！而只能看到它的表面。其实，认识一个民族的音乐特点的最好方法就是研究它的民歌。只要有人肯潜心研究法国民歌（这方面并不缺乏素材），人们就会认识到法国民歌与德国民歌是多么不同。法兰西民族的气质在其民歌里有充分体现，这就是比德国民歌更甜美，更自由，更生机勃勃和更有表现力。——原注

② 译者认为，勃拉姆斯的音乐走两条线，一条是不仅仅探究生命的本质、甚至思索物质存在的本原（所谓"元素"或"原素"；如古希腊哲学中的土、水、气、火四大要素）。从这个意义上讲，勃拉姆斯是彻底地复古——复古希腊、罗马或更早之"古"，而不仅仅是复中世纪及以后的基督教味很浓之"古"。他的大型器乐作品如四部交响曲、钢琴及小提琴协奏曲、小提琴大提琴双协奏曲和许多室内乐作品都走这第一条线。

勃拉姆斯音乐走的另一条线，则是借德、奥古典音乐之传统手法尽情表现他最浪漫、最富时代感甚至很民族很民间的直观感觉，如他的匈牙利舞曲、艺术歌曲等都是走这条线的杰作。所以有人说勃拉姆斯是"古典的浪漫主义者"；是出身平民的哲学博士。——译注

《逃出埃及》(La Fuite en Egypte)这首杰作,因为它源于他对这个民族(指犹太民族)的深切同情。

他拥有一颗有史以来最自由自在的灵魂。自由对他来说是一种绝对的需要。"心灵和自由,思想的自由,精神的自由——一切的自由……真正的自由,绝对和巨大的自由!"(《回忆录》)如此酷爱自由正是他一生的不幸所在,因为它剥夺了任何信仰所能带给他的慰藉,拒绝给予他任何思想上的寄托,夺走了他的平静,甚至抢去了他怀疑的根基。然而,也正是这种"真正的自由"形成了他音乐思想中独一无二的独创性和恢弘性。

柏辽兹在1852年致信C.洛伯说:"音乐是所有艺术形式中最富诗意、最有力量和最有活力的一种。她也应是最自由自在的一种,可她目前还不是……现代音乐就像古典神话中的安德洛墨达①。赤身露体,圣灵般地美丽。她被铁链绑在大海岸边的巨岩上,等待获胜的珀尔修斯②来救她。后者将解开捆她的锁链,并把那被称为Routine('惯例,老一套,固定程序')的妖怪砸烂。"

他的使命是要把音乐从其有限的节奏和禁锢它的传

① Andromeda,希腊神话中埃塞俄比亚公主,其母夸其貌美而得罪海怪,致使全国遭到骚扰,本人为救国民毅然献身,被锁囚于大石之旁,后为珀尔修斯救出并娶为妻。——译注

② Perseus,希腊神话中宙斯之子,杀死怪物美杜莎(Medusa)并从海怪手中救出安德洛墨达的英雄。——同上

统形式及规则中解放出来[①];其中首先需要把它从语言的统治下解放出来,并把它从隶属于诗歌的屈辱地位中释放出来。柏辽兹在1856年致信维特根斯坦公主说:

“我赞成自由自在、无拘无束的音乐。是的,我想让音乐骄傲地自由驰骋,像个胜利者那样至高无上。我想让她随心所欲,使之不再有不可逾越的障碍。但她必须依靠亲自迎战——而不是依赖她的助手——去夺取她的胜利。我希望音乐在可能的情况下配有好的诗文,有像军队准备打仗那样排列整齐的诗行。但是,她必须像拿破仑那样亲自上阵面对敌人;她必须像亚历山大大帝那样身先士卒,走在(古希腊)方阵的最前头。音乐太强大了,她有时可以不靠(诗文)援助而征服(人心);因为她有权站在美狄亚[②](Medea)身边一同宣布‘我,我自己一个人就足够了。’”

柏辽兹激烈抨击格鲁克的不敬理论[③]和瓦格纳把音乐

---

① 1860年,柏辽兹在论及瓦格纳在巴黎开的音乐会时写道:“今日音乐,朝气蓬勃,应无拘无束,为所欲为。陈规旧习,皆为死脑筋或惯例爱好者为别的循规蹈矩者所制定,今已不再风行。思想、情感和听觉之新需要皆使音乐之新潮流应运而生,并屡屡破除陈规旧俗。许多老套已过于陈腐而不宜再用。……较之乐思,音响为次;而较之感觉与激情,乐思又为次(在下)”。

比较贝多芬所言:“为了促进、提高美,没有什么规矩不能打碎的。”——原注

② Medea,希腊神话中科尔基斯国王的公主,精巫术,曾助伊阿宋取得金羊毛并与他私奔;后被遗弃,愤而杀死与之所生儿女。——译注

③ 格鲁克宣称:他“寻求使音乐发挥其真正功能,即协助诗歌加强情感的表达和烘托情境的气氛……这就如同绘画,美丽的色彩和光、影的巧妙安排是为了突出娴熟的线条勾勒。”——原注

沦为语言的奴隶的“罪恶”。在他看来，音乐就是最高境界的诗，没有谁还能当她的主人①。因此，柏辽兹不断增加纯音乐中的表现力。比较瓦格纳与柏辽兹，前者更温和一些，追随传统更紧密一些，力图在音乐和语言之间建立妥协（也许不可能），并开创一种新型的抒情音乐剧；而后者则更为革命性，开了戏剧性交响曲的先河，其中的《罗密欧与朱丽叶》在今天仍为无与伦比的楷模。

这种戏剧性交响曲自然同所有正统的音乐理论相抵触。人们举出两种观点反对它！一种来自于（专演瓦格纳乐剧的）拜罗伊特，此举（指在那儿定期举行拜罗伊特音乐节）现已成了一种宗教式的朝拜；另一种是时下流行的观点，由一群大谈音乐却又不懂它的乌合之众所拥护。

第一种观点是瓦格纳主张的，认为音乐若没有语言和手势的帮助就无法真正表现剧情。许多人正是打着这种观点的旗号凭推断和假定来谴责柏辽兹的《罗密欧与朱丽叶》的。他们认为企图把剧情“翻译”（或演绎）成音乐的做法是很幼稚的。我估计若是用音乐来“图解”剧情的

① 莫扎特已经具有这种革命思想：“音乐应当至高无上，让人忘掉其他一切……在歌剧里，绝对有必要让诗文成为音乐的乖乖女儿”（莫扎特在1781年10月13日致其父的信）。很可能是由于无法做到这点，致使绝望的莫扎特一度严肃考虑破除歌剧的老套，并在1778年以一种音乐戏剧（melodrama）取而代之（卢梭曾在1773年构思过这种音乐戏剧的蓝图），其中音乐和诗文之间联系松散，互不依赖，沿着两条平行线并驾齐驱。——原注

话，他们就不会觉得太幼稚了。难道他们真认为手势能和音乐很好地结合到一块儿去吗？唉，这些人若能根除这种困扰了我们最近这三百年的荒唐观念就好了；他们为何不能睁开眼睛看一看被许多伟人（如卢梭和托尔斯泰）看得一清二楚的这种歌剧的愚蠢性呢？他们若能看到拜罗伊特音乐节的畸形和反常就好了。在（瓦格纳的）《特里斯坦和伊索尔德》第二幕中，有一个著名的段落，描写欲火中烧的伊索尔德焦急地等待特里斯坦到来。终于她看到他来了，于是她老远便向他挥舞头巾；这一动作由乐队重复数次一段乐句来伴奏。我表达不出这种用一串音符来模仿（除了模仿这能是什么？）一串手势的做法对我产生了什么效果，反正我一见到它不是愤怒就是大笑。奇妙的是，只要你在音乐会上一听到这个段落，你就马上似乎看见了那个手势。而在剧院里，你要么对这手势视而不见，要么见到它幼稚可笑。挺自然的一个动作，裹在音乐的盔甲里，就变得那么僵硬；硬把两者（音乐和动作）撮合在一起，使人备感荒唐和牵强。在《莱茵河的黄金》的音乐中，描绘了巨人们的高大形象和步伐，人们看到了电闪雷鸣，彩虹映现云端。而在剧院里，这情景却像一场提线木偶戏，使人深感音乐和手势、动作之间的鸿沟不可逾越。音乐是单独的一个世界。当音乐想描绘戏剧时，它反映的不是真实的剧情，而是经过心灵或精神美化的理想化剧情，只能被人的心灵觉察和感知。把这两种视野——一种是肉眼看到的，一种是心灵看到的——同时摆在一起是最愚蠢的了。十之八九它俩会自相残杀。

另一种激烈反对标题交响曲的论点是所谓古典主义的论点（其实同古典主义根本不搭界）。持这种论点的人说："音乐的本意并不是表现明确的主题；它只适于表达朦胧的理念。它越不明确，它的表现和感染力就越大，暗示的东西也就越多。"不过，我要问了：什么是不明确的艺术？什么是模糊的艺术？这两个字难道不自相矛盾吗？这种奇怪的结合难道真的存在吗？难道艺术家真能创作连他自己都看不清楚想不明白的东西吗？难道人们会认为他是鬼使神差、天才所至挥笔便写吗？你起码可以说：贝多芬的交响曲就是"明确"到其最深刻最内在层次的作品；贝多芬对自己要写的东西即便没有十分的了解，也至少有很清楚的直觉。他的晚期四重奏就是描述灵魂的交响曲，与柏辽兹的（标题性）交响曲截然不同。瓦格纳曾以"同贝多芬共度一日"为题分析过他的一首四重奏。贝多芬总是试图把自己内心的深刻感觉和自己灵魂的微妙之处翻译（演绎）成音乐；他这些东西根本无法用语言讲清，但又同语言一样明确——事实上，比语言更明确；因为一个词（如"革命"），作为一个抽象概念，是许多经验的总结和许多不同含义的概括。音乐比语言有表现力和准确得多；她不仅有权利表达各种特定的情绪和主题，而且作这种表达是她的职责。假如这种职责没有履行，它就不是音乐了，就不伦不类什么也不是了。

因此，柏辽兹才是贝多芬思想的真正继承者。《罗密欧与朱丽叶》与贝多芬一首交响曲的区别只在于前者似乎是要用音乐努力表现客观情感和主题。我不明白为什么音乐就不能跟诗歌走、就不能脱离内省而试图描绘世间的悲欢离合。莎士比亚同但丁一样优秀。再说，你可以补充道：在柏辽兹的音乐里，总能找到他自己的影子——贯穿《罗密欧与朱丽叶》所有场景的，正是他自己那颗渴求爱情但又遭厄运嘲笑的灵魂。

我无意延长这场许多问题都不会得到澄清的争论。但是我要提议，我们应该一劳永逸地摆脱掉这些企图在艺术上画地为牢作茧自缚的荒唐努力。我们别说：音乐能表现什么、音乐不能表现什么。而要说：如果天才愿意，一切就都有可能；同样，如果音乐愿意，谁又敢说她明天不会变成绘画或诗歌呢？柏辽兹在《罗密欧与朱丽叶》里就很好地证明了这一点。

《罗密欧与朱丽叶》堪称是一部奇作：它是"一个神奇的小岛，上面建着一座纯艺术的神殿"。以我之见，我不但认为它能与瓦格纳最优秀的作品媲美，而且我相信它的寓意更深刻、艺术资源更丰富——而这些正是当今法国艺术还没有充分加以挖掘和利用的东西。我们知道，这几年来，年轻的法国音乐学派一直在致力于把我们的音乐从德国模式中解放出来，以创造一种将属于法兰西并不让"主导动机"压倒一切的宣叙调语言；这种语言更加准确，不那么沉重，在表现现代思想方面自由自在，而无需求助于古典或瓦格纳式的体裁。不久以前，圣咏学院就发表了一份宣言，主张“音乐朗诵的自由……在自由的音乐里用自由的语言……”；主张“自然音乐的胜利，像古代舞蹈的那种随意运动的语言和自由曲张的节奏”——因而向过去三百年来的韵律（或格律）音乐宣了战。

好了，这种音乐来了；你在哪儿也找不着比柏辽兹更完美的典范。确实，许多表示承认这种音乐原则的人否定这位典范，并公开藐视柏辽兹。这倒让我有点怀疑这些人的动机来了。假如他们真没感觉到柏辽兹音乐中的无拘无束，没有看出在它精致的面纱下隐藏着一颗极其活跃的灵魂，我就会觉得他们自称说要“解放音乐”是假，骨子里其实还是要复古倒退。奉劝他们认真研究一下柏辽兹的作品，不仅读读他作品中那些最优秀的篇章，如“爱情场景”（在他所有作品中，柏辽兹本人最喜欢这一段），“罗密欧的悲哀”，或是“凯普莱特家族喜庆”（里面有个像瓦格纳剧中的精灵先释放、再克制一阵阵强烈的激情和喜悦），而且读读他那些不太有名的篇章，如“玛布仙后唱的小谐谑曲”、“朱丽叶的苏醒”及描写这对恋人之死的音乐；①前者非常轻快

①“这一部分太崇高了，大大超过普通听众的接受能力；因此，柏辽兹带着天才的典型倨傲，写张便条给指挥，建议他把这页乐谱翻过去不演”（Georges de Massougnes 所著之《柏辽兹传》）。此书 1870 年出版，对柏辽兹有极好研究，观点大大超前当时的时代。——原注

优雅，后者充满炽烈的激情，两者都在表达思想方面非常自由而贴切。剧中的语言十分精彩，清晰而简洁；没有一句废话，句句都准确而凝炼。在柏辽兹 1845 年之前创作的几乎所有大型作品中（即直到创作《浮士德的沉沦》之前），你都会找到这种神经质的精确和毫无拘束的自由。

接着我们来谈他在节奏上的自由。舒曼在当时所有的音乐家当中是最接近柏辽兹风格的，因而也最能理解他。自从柏辽兹的《幻想交响曲》问世以来，他就一直对他的节奏自由印象特别深刻，撰文道：

“当今时代显然没有问世过一部（像《幻想交响曲》）这样的作品，其中平行进行的节拍和节奏同不平行进行的节拍和节奏的结合得到如此自由地运用。一个乐句的后一半很少同前一半对应，似乎所答非所问。这种异常现象是柏辽兹独有的，就其南方人的气质而言也是自然的。”

接着，舒曼不但丝毫没有反对柏辽兹这么做，反而认为此举是为音乐改革所必需。

“很显然，音乐正在表现出回归其起始的倾向；她要回到节奏法则还不约束她的那个时代。音乐似乎希望挣脱自己，重获不受拘束的表达，并把自身尊严提高到与诗化语言并驾齐驱的地位。”

舒曼还引用了恩内斯特·瓦格纳的话：“何人挣脱了节奏（节拍）的独裁，并把我们从中拯救出来，他就还给了音乐以自由。”①

柏辽兹对旋律的自由创作也很突出。他的乐句就像生命本身那样悸动和流动。舒曼说：“把他的某些乐句个别看待，可以看出它们强烈得（密度大得）容不下任何和声（如同许多古老的民歌那样〔加重号为罗曼罗兰所加——译注〕），甚至常常连伴奏都会糟蹋它们的丰满。”②这些旋律同情感密切呼应，极易引起人们身心对它们的共鸣；无论是其生机勃勃的上扬，还是细腻舒缓的下滑，还是肆无忌惮的调性突变，还是其强烈绚烂的色彩，抑或是其光影明暗的细微渐变和微妙得难以觉察的思绪起伏，无一不是或像汹涌潮水、或似涓涓细流，不断流过你的心底，引起你的激动。柏辽兹的旋律独具敏感，比瓦格纳的旋律更富于微妙的表现力；她不满足于现代的调性体系，而是回归古老的调式；如圣-桑先生指出的那样，她叛逆了自巴赫时代以来一直统治音乐的复调体系，因而

① 摘自《新音乐杂志》（著名的 Neue Zeitschrift für Musik）。参见《海克特·柏辽兹与罗伯特·舒曼》。柏辽兹不断为节奏自由而斗争；如他所说：是为了“那些节奏的和谐”。他希望在巴黎音乐院开一门节奏课（《回忆录》），但此举在法国没人理解。在这方面法国虽然没有意大利那么保守，但仍然抵制解放节奏的运动。——原注

② 舒曼补充道：“他几乎所有的旋律都有这个特点，一个罕见的特点。”舒曼理解了柏辽兹为什么常常只给自己的旋律配上一个简单的低音部（bass）或几个增五度和减五度和弦作为伴奏，而忽略那些中间的声部。——原注

也许到头来只是"注定要消亡的异端邪说"。[1]

在我看来，柏辽兹的宣叙调以其长大蜿蜒的节奏[2]，大大优于瓦格纳乐剧里的吟诵；后者只有在一段剧情达到高潮、曲调在此碎裂为慷慨激昂的短乐句时才有好效果（否则其效果也常常很弱）。此外，这种吟诵只局限在说话语调的抑扬顿挫上，有点像音乐但又不是，还吵吵嚷嚷地干扰乐队奏出的美妙细腻的和声。柏辽兹的管弦乐配器也比瓦格纳的更精致，更充满自由的活力，它像湍急的溪流向前奔涌，冲走河道里的一切障碍；它不那么连贯、坚实，但更柔韧；它天性起伏多姿，反映出万千灵魂的细小冲动和剧情的微妙变化。它是自发和任性的一个怪果。

撇去表面不谈，瓦格纳同柏辽兹相比其实还是个古典乐派人物。他继承并完善了那些德国古典音乐大师的工作；他没有革新发明；他只是一种艺术演变和进化的巅峰和终结。而柏辽兹却开创了一种新艺术，人们在里面能找到一切青春的勇气、优美和热情。那种约束瓦格纳音

---

①"那时这种艺术实际上还会剩下什么呢？柏辽兹也许将是其惟一的代表。由于他从没研习过钢琴，所以他对对位法本能地反感。在这方面他同瓦格纳正相反，后者是对位法的化身，并最大限度利用了其法则"（圣-桑语）。——原注

②雅各·帕西指出，柏辽兹最多见的乐句都有十二、十六、十八或者二十个小节。而瓦格纳的乐句里：八小节的罕见，四小节的较多，两小节的常见，只有一小节的最多见（自《柏辽兹和瓦格纳》一文，1888年6月10日发表在《通信月刊》上）。——原注

乐的铁一般法则在柏辽兹的早期作品里就无容身之地，给人以绝对自由的印象。①

你只要了解了柏辽兹音乐的深刻独创性，就不难理解她为何遭遇过、并仍在遭遇那么多的暗中敌视。太多卓有成就、学识渊博的杰出音乐家因为尊崇音乐传统而无法理解柏辽兹，只因为他们不能忍受他的音乐所呼吸的自由气息。这些人太习惯于德国思维，致使柏辽兹的语言使他们感到心烦意乱和震惊。我能体谅他们的难处。毕竟这是破天荒头一遭，一名法国音乐家敢于用法语来思维；所以我才警告你们，不要太轻易接受德国人对柏辽兹的看法，以免陷入误区。像魏因迦特纳、理查·施特劳斯和莫特尔(Mottl)这样的一流德国音乐家无疑比我们法国音乐家还能更好更快地赏识到柏辽兹的天才。但我还是对他们的这种欣赏表示怀疑，因为他们的欣赏对象的

① 必须指出，柏辽兹的和声既干瘪又笨拙(这是无可否认的事实)，所以有些评论家和作曲家只能看见他有“表音法的缺陷”而对他的天才视而不见。对这些吓人的“语法家”(这种人两百年前就指责莫里哀滥用“土语方言”)，我将引用舒曼的话来予以回击：——

“柏辽兹的和声虽然效果悬殊、材料和资源贫乏，但却以其质朴率真、甚至紧凑凝炼而著称；类似情形只有在贝多芬的音乐里可以见到……你在柏辽兹的作品里不时能找到一般甚至平庸的和声，有些甚至不正确——至少按陈规旧俗来讲是这样。他的和声有些效果很好；有些则显得含浑模糊，或嘈杂刺耳，或繁琐牵强。可这一切出自柏辽兹的笔下，却不知何故显得很精彩。你若是把它纠正一下，哪怕只是稍微改动一点(对技艺娴熟的音乐家来说这是小菜一碟)，音乐即会变得单调沉闷起来”(舒曼论述《幻想交响曲》的文章)。——原注

民族魂毕竟同他们自己的民族魂截然对立。应该由我们法兰西和法国人民来学会理解柏辽兹的思想；他的思想毕竟与他们的思想同根同源，并总有一天会将他们（从德国的音乐思维定式中）拯救出来。

* * * *

柏辽兹的另一个伟大的独创性体现在他的音乐才华同人民大众的灵魂息息相关；法兰西人民最近当家做了主人，建立了年轻的民主政体，而柏辽兹的音乐很适合他们。虽然他有一种贵族式的傲慢，但他的灵魂是同大众在一起的……柏辽兹是在一次次革命和法兰西帝国取得的无数业绩的神话中长大的。他在 1830 年 7 月为参加“罗马作曲大奖”评选而写的大合唱是在“流弹‘嗖嗖’飞过屋顶并‘噗噗’射进他窗子附近的墙壁”的情况下创作的（《回忆录》）。他引吭高唱《马赛曲》并让“所有能发声、有良知、身上流着爱国血的人”[1]同他一起唱。……无论他有没有意识到，他都成了一名革命的音乐家；他一向同情民众。他不仅在自己的戏剧作品中描写有群众狂欢的场面，如《本维努托·切里尼》第二幕中的罗马狂欢节场面（三十年前就预见了瓦格纳的《纽伦堡的名歌手》中的群众场面），而且创造了一种大众音乐和一种宏大的

① 此话引自柏辽兹把《马赛曲》改编成全编制乐队与双合唱团改编曲的总谱上他写的导言。——原注

风格。

在这方面他的楷模是贝多芬，是《英雄交响曲》、《C小调(命运)交响曲》、《A大调第七交响曲》以及最重要的《第九(合唱)交响曲》的那个贝多芬。他在很多方面都是贝多芬的追随者，在继承贝多芬的同时热心倡导他的风格①。柏辽兹以自己对物理效果和音响材料的理解，营造了如他所说的艺术大厦……有“巴比伦和尼尼微风格”的②，有“仿米开朗琪罗风格的音乐”(《回忆录》)，有的作品“规模宏大”③。柏辽兹很喜爱自己创作的大型作品，譬如《葬礼和凯旋交响曲》(两支乐队加一个合唱队)，《感恩赞》(一支乐队加风琴和三支合唱队；柏辽兹认为该曲的终曲 Judexcrederis 是他所写的作品中最出效果的)，以及《帝国(赞歌)》，两个乐队加两个合唱队和那部著名的《安魂曲》(“四支铜管乐队，环绕主乐团和大型合唱团，相互

① 柏辽兹说：“气势恢弘、场面宏大的音乐始于贝多芬”(《回忆录》)。但柏辽兹忘了贝多芬在这方面也有其他楷模，如亨德尔。法国大革命时期(1789年前后)有些音乐家如梅雨尔和凯鲁比尼等的作品也不乏宏大的气魄，表现了群众斗争的场面。——原注

② 1855年柏辽兹致信莫雷尔，这样描述了他的《感恩赞》中的某些场面。再看海涅的评判：“柏辽兹的音乐使我想起那些已绝种的巨兽和宏伟的古代帝国……如巴比伦，塞米勒米斯(古代亚述女王，相传为巴比伦的创立者——译注)的空中花园，尼尼微的奇观，米兹拉伊姆的设计大胆的建筑。”——原注

③ 柏辽兹在1855年写的一封信里开了一个自己作品的名单，并说自己偏爱“规模宏大”的作品，如《安魂曲》、《葬礼和凯旋交响曲》、《感恩赞》和《帝国赞歌》(Impériale)。——原注

之间保持一定距离，以产生问答遥相呼应的效果”)。上述作品像《安魂曲》那样，常常风格原始粗糙，格调一般，但气魄宏大，规模可观。这不仅归功于所用“材料”(指乐队和合唱团等)的庞大，而且归功于他“宽广雄浑的风格及有些和声进行的速度奇慢(其最终目的是什么谁也猜不出)，致使这些作品具有了莫名其妙的巨人性格”。[①] 柏辽兹在这些作品里留下了美可以通过原始粗犷的群众场面揭示自身的感人范例。俨如高耸云霄的阿尔卑斯山，这些作品仅凭其“大块头”就能打动人。一位德国评论家说过：“柏辽兹在这些独眼巨人般的作品里任由声音和纯节奏的原始蛮力发威。”这简直不叫音乐，而是自然力本身。柏辽兹本人称他的《安魂曲》为“一场音乐浩劫”。

柏辽兹猛刮这些飓风，就是为了对人民说话，为了在人类的这潭死水里掀起轩然大波。他的《安魂曲》也是“最后的审判”，但它不像西斯廷教堂(天花板上米开朗琪罗创作)的那幅《最后的审判》是为了警醒一帮大贵族；而是为了唤起民众，一群兴奋躁动颇为粗鲁的民众。他的《拉科奇进行曲》与其说是一首匈牙利进行曲，毋宁说是

---

① 柏辽兹《回忆录》里有对 1844 年那次大规模音乐节的描述，其间雇用了1022 名乐师和歌手。——原注

唤起革命群众投入战斗的冲锋号；它在叫人发起进攻。[①]

瓦格纳在听了《葬礼和凯旋交响曲》之后也不得不承认：柏辽兹是“创作褒义意义上的通俗音乐的大师”。

瓦格纳写道：“聆听这首交响曲时，我有个鲜明的感觉；街上任何一个穿蓝衣戴红帽的小男孩都能一下子就听懂它。会毫不犹豫地把它摆在优于柏辽兹其他作品的优先地位。从头到尾它都是那么宏大和崇高；从它最初表现怜悯之心，到最后赞颂神灵的光荣。自始至终洋溢着热烈美好的爱国主义情怀；但又恰到好处，适度而毫无病态的夸张。我要欣然表达我的这样一个信念：这首交响曲将点燃人们的热情，鼓舞他们的士气，并将同一个叫法兰西的国家一道永存。”（写于 1841 年 5 月 5 日）

这样伟大的作品怎么会被我们的共和国忽视呢？它们在我们的公众生活中怎么会没有地位呢？它们为何不能成为我们重大庆典的一部分？假如你没有见到我们国

---

① 柏辽兹在 1861 年 2 月 14 日给几名匈牙利年轻人写信，对他的《拉科奇进行曲》在布达佩斯引起听众极大的反响表示吃惊，尤其是在曲子终了处：——

“我猛然见到一个男子闯了进来。他衣着不整，不修边幅，但脸上异彩飞扬。他一见到我就扑了过来，同我热烈拥抱；他泪流满面，兴奋得几乎说不出话来。他结结巴巴地用法语说：‘啊，先生，先生！我是匈牙利人……天哪，……我不会讲法话……只会讲点意大利语。请原谅我太激动了……哦，我听懂了您的卡农曲。……是的，是一场大战……那些德国狗！’接着他猛捶自己的胸脯：‘在我的心里……我把您记在心里……啊，法国人……革命者……会创作革命的音乐！’”——原注家这一百年来忽视艺术，你一定会对这种现象感到吃惊和疑惑。假设把柏辽兹需要的一切手段都给他，假设他的作品在法国革命的庆典中占有一席之地，他什么奇迹不会创造出来呢？不幸的是，我们必须得补充，在这里，他的性格又成了他天才的敌人，这位音乐自由的倡导者在他生命的晚年变得惧怕起自己来，并在他自己原则的成果前退缩，转而复归古典主义。于是，这位革命家蜕化变质，反倒生气地诽谤起大众和革命运动来，大谈什么“共和的瘟疫”，“肮脏而愚蠢的共和制”，“街头搬运工和拾破烂者的共和国”，等等。真忘恩负义！他欠下这些革命运动、民主风暴和民众暴动很多。他彻底否定了自己天才中最精华的部分。这位新时代的音乐家钻进过去的避难所里躲雨去了。

* * * *

不过，这又有何关系？不管他主观愿望如何，他毕竟为艺术开辟了光明大道。他为法国音乐指明了应该走的道路，为她摆出了她过去从不敢想的可能性。柏辽兹为我们找到了一种真诚、富于表现力、摆脱了外国传统、源于我们自己的文化根基深处并反映我们（法兰西）民族魂的音乐语言。这种语言符合他的想像力，符合他敏于诗情画意的本能，符合他稍纵即逝的印象，同他丰富细腻的感觉吻合。他为我们这个欧洲最伟大的共和国奠定了民族和通俗音乐的强大基础。

这些都是他闪光的品质。倘若柏辽兹具备瓦格纳那样的理性力量，并最充分利用自己的音乐直觉，倘若他具有瓦格纳的意志，并把自己的天才灵感塑造、焊接成一个坚实的整体，那么我敢说，他本会掀起一场比瓦格纳的革命更伟大的音乐革命。这是因为，瓦格纳虽然更坚强，更能驾驭自己，但他不如柏辽兹有独创性，究其根底，他只不过是终结了一段光荣的过去。

这场革命仍能实现吗？有这种可能；不过它已经可悲地推迟了半个世纪。柏辽兹悲伤地估计，到 1940 年前后人们才会开始理解他。①

不管怎么说，不必为他肩上承担的伟大使命过重而吃惊。毕竟他是太孤单了②。随着人们最终把他抛弃，他的孤独感反倒减轻了。在那个瓦格纳、李斯特、舒曼和弗朗

---

①“倘若我能活到一百四十岁，我的音乐生涯就会非常圆满地结束。”(《回忆录》)——原注

② 这种孤独状态使瓦格纳震惊。他在 1841 年 5 月 5 日撰文道：“柏辽兹的孤独感不独是外界环境造成的；其根源还在于他的性格气质。作为法国人，他像他的同胞一样，也能迅速对周围一切产生同情和兴趣，但他仍然孤单。他见不到面前有一个人会对他伸出援助之手，身边也没有一个人可以让他依靠。”读着这些话，你就会觉得，是瓦格纳的缺乏同情——而不是他的智商不够——妨碍了他去理解柏辽兹。我并不怀疑，瓦格纳在心里很清楚谁是自己的伟大竞争对手。但他对此从来闭口不谈——除非有人也许会举出一份神秘的文件，显然是打算不公开的；在这份文件里，瓦格纳(甚至连瓦格纳)也将柏辽兹同贝多芬和拿破仑·波拿巴特相比。此手稿属于阿尔弗雷德·博威(Bovet)的收藏，由莫特尔发表在数种德国刊物上，并由乔治·德·马苏涅发表在 1902 年 1 月 1 日的那期《戏剧艺术杂志》上。——原注

克的时代，他孑身一人；他孤独，但却在心里装着整个世界，他的敌人、友人、仰慕者及他自己都没充分意识到这点。他孤零零的，并倍受孤独感的煎熬。孤独、孤独……他青年及老年写的音乐里始终重复着这个词，它反复出现在他的《幻想交响曲》和《特洛伊人》中。在我写下这些文字的同时，我从我面前他的肖像里读到的就是“孤独”这个字眼。这肖像就是他的《回忆录》里的那幅美好的肖像，他的面容悲伤而严厉，仿佛在责备那个把他如此误解了的时代。

瓦格纳

“齐格弗里德”

没有什么比第一印象更令人激动的了。我记得我是在孩提时第一次听到瓦格纳音乐的片断的，地点是在“冬日马戏场”的一场音乐会上。在一个沉闷多雾的星期天下午，我被大人带到那里；当我们钻出室外的浊雾走进大厅时，十分热烈的气氛迎面扑来，强烈的灯光照得我们目眩，人头攒动，大家都在相互交谈。我睁不开眼睛，呼吸困难，四肢很快就麻木起来；因为我们是坐在木头长凳上，周围面积狭小，且挤满一排排的人。然而，这一切不适都随着音乐的第一个音符响起而烟消云散，听众马上进入痛苦而又被摄魂惊魄的境地。也许环境的恶劣才使得这种快感更强烈。那些陶醉于登山之乐的人必定知道这种乐趣也是同登山之苦紧密相连的！如筋疲力尽，阳光晃眼，喘不上气来，及其他激发和刺激生命活力与潜质并使身体刺痛的种种感觉。这些不适的感受强烈得让你每每想起来都觉得刻骨铭心，难以忘怀。戏院的舒适不会使你对台上演的戏产生美妙的幻觉；或许正是由于这个音乐厅的破旧难受，才使我首次聆听瓦格纳音乐的回忆显得特别生动而鲜明。

他的音乐多么神奇，在我心中荡起多么奇异的躁动！全新的管弦乐效果，全新的音色、节奏和题材；内容包括关于遥远的中世纪古老神话的叙事诗，狂放不羁，燃烧着我们内心深处的种种哀怨和欲望之火。我听不大懂。我怎么能完全领悟呢？音乐取材于我很不熟悉的作品。大厅里音响效果太差，使我几乎抓不住那些乐思之间的联系；加之乐队的摆放不合理和乐师的技艺欠缺，整个打乱了音乐的布局并糟踏了其色彩的和谐。本该强调的手段被一带而过，其余的不是被错误的节奏扭曲，便是被马虎的处理弄走了样。即使到了今天，我们的乐团经过多年研习已经适应了演奏瓦格纳的音乐，我还是常常无法跟上瓦格纳贯穿整个一场戏的思想（假使我碰巧不熟悉这部分总谱的话）。这是因为，他的旋律线常常被伴奏掩埋，致使其表述的情感丧失。连今天我们都能在瓦格纳的作品中找到不知所云之处，更何况在那时呢？——更是一团糟了。不过这些都无伤大雅。我常常被瓦格纳音乐中的神界激情搅得亢奋而激昂，某种磁石般的魅力把我激动得既快乐又痛苦，使我感到生机勃勃和狂喜，带给我无穷力量。在那场音乐会上，我这颗童心仿佛被人挖走，接着又有人把一颗英雄的心放进我的胸腔里似的。

这种感受并不为我所独有。我看到我周围的人的脸上都洋溢着同我一样的情绪。这是怎么回事？观众主要是穷人和普通人，脸上都是一副饱经生活磨难、世故老练、胸无大志的样子。他们的心灵乏味无趣，可此刻他们却对音乐中的神圣精神反应热烈。没有什么比数千人被一支旋律感动得如醉如狂更感人的场面了；音乐忽而崇高壮美，忽而催人泪下，忽而奇异怪诞。

这些星期天音乐会在我的生命中保有怎样的地位啊！整整一星期，我都只为了那两个小时而活着；嗣后，我又对它们念念不忘，直至下星期天到来为止。瓦格纳音乐对青年人产生的巨大魅力常常使人感到不安；他们认为它是毒药，毒化思想，麻痹行动。可是被瓦格纳“麻痹”的那代人好像并没有表现出丝毫道德沦落情操下降的迹向。人们为何总也不明白这点；我们之所以需要瓦格纳的音乐，绝不是因为它给了我们死亡，而是因为它给了我们生命。可怜的我们，拥挤在完全人工化的城市中，远离行动和大自然，以及所有强大和真正的生命，只有在这样崇高的音乐的影响和感染之下，我们才得以发展扩张；瓦格纳的音乐，流自于一颗对这世界充满领悟并浸透着大自然气息的心灵。在《纽伦堡的名歌手》里，在《特里斯坦和伊索尔德》及《齐格弗里德》里，我们去找我们如此匮乏的欢乐，爱情和生命力。

可就在我深感瓦格纳诱惑的同时，我的长辈中却总有一些眼光挑剔的人压制我对他的崇敬，并带着长辈对晚辈的微笑说："这有什么？仅凭听音乐会你判断不了瓦格纳。你得去拜罗伊特的歌剧院听他的音乐才算数。"从此以后，我就去了好几次拜罗伊特，并在柏林、德累斯顿、慕尼黑和其他德国城市看过瓦格纳作品的演出；可初次听他音乐的那种陶醉却再也找不到了。人们总以为，对一部优秀作品越接近、越熟悉，就越能享受它；其实这是错误的。熟悉程度也许决定对作品的理解程度，但它却扼杀了你的想像力，并驱散了作品的神秘感。史诗《尼伯龙根》在我们的梦中曾一度像一片森林，里面有些吓人的怪物在我们的视线面前一闪便消失了。后来，在探索了林中所有的小径之后，我们发现，在这片表面的丛林之中，占统治地位的还是秩序和理性；再后来，等我们逐渐熟悉了林中居民脸上的最后一条皱纹后，以前的那些迷惑和激动便不再光顾我们了。

然而这也有可能是年龄增大的结果；如果说我现在不承认过去的瓦格纳，这也有可能是因为我现在否定了过去的自我。一件艺术品，尤其是音乐作品，是随着我们自己的改变而变化的。譬如说《齐格弗里德》，对我而言就不再充满神秘了。今天，这部乐剧打动我的不再是它的神秘感，而是它欢快的勃勃生机，它线条干净的外形，它雄浑的蛮力和自由，以及剧中主人公和全剧的那种非凡的健康和明朗。

我有时想想尼采真可怜，竟要拼命毁掉自己热爱过的人，并使劲在别人身上寻找其实自己才有的颓废和堕落。他企图把这种颓废强加在瓦格纳身上，并凭借自己的胡思乱想和对反论的癖好，对瓦格纳的大多数明显的优点——充满活力，意志坚定，精神健全，逻辑缜密，积极进取——加以否定。他竟把瓦格纳的风格同龚古尔的风格加以对比，以此来取乐；冷嘲热讽地把瓦格纳说成是伟大的袖珍画画家、半音诗人和故作悲情的音乐家，说他的风格纤细而女性化，到了“所有在他之后的音乐家都显得过于雄壮”（见尼采的《瓦格纳的堕落》一书）的地步。尼采饶有风趣的描绘了瓦格纳其人及其时代。我们全都很欣赏关于瓦格纳的四联乐剧《尼伯龙根指环》的那些微型图画（是借助放大镜精心绘制的精美小画）。里面的瓦格纳画得纤弱而娇美，坐在气氛哀伤的沙龙（客厅）里，同一些身强力壮、“过于雄壮”的音乐家会晤！其中有趣的是，这点小聪明一直被某些优雅标准的公断人当真；这些人惟恐天下不乱，巴不得能同时下任何流行的观点（甭管它是什么）背道而驰。

我没有说在瓦格纳身上不存在颓废堕落的一面。他的颓废表现在神经过敏，甚至歇斯底里，还有其他一些现代的神经疾病。假若他缺少了这一面,他倒不能代表他那个时代了;况且这也正是每个伟大艺术家都应有的样子。问题不在于他有没有颓废,而在于他有同颓废相反的东西;倘若女人和小伙子们看不到他超越颓废的那些方面,就只能说明他们不能超越自己。很久以前,瓦格纳本人就向李斯特抱怨过,说公众和艺术家都只注意他的音乐中女子气的那方面,而不会倾听和理解他音乐中其他的方面。瓦格纳说:"他们不去领会我音乐中的力量。"他还说:"我的所谓成功是建筑在被人误解的基础之上的。我的公众声望其实不值一文钱。"确实,他一直受到掌声喝彩、庇护资助并称霸乐坛长达二十五年之久,而这些吹捧、支持者全是文学艺术界的颓废分子。几乎没人看出他其实是个朝气蓬勃的音乐家和经典作家,或承认他是贝多芬的直接继承者,是后者英雄和田园性格的继承人;是贝多芬史诗般灵感和战场般节奏的继往开来者,是贝多芬拿破仑般的乐章和动人心弦的战斗号角的传人。

瓦格纳在其《齐格弗里德》中最接近贝多芬。《女武神》中的某些角色,如沃坦、布伦希尔德、尤其是齐格蒙德的某些段落,同贝多芬的交响曲和奏鸣曲也有紧密联系。每当我弹奏贝多芬第十七钢琴奏鸣曲(作品第31号之二)中的那段"con expressione e semplice"的宣叙调时,总会想到《女武神》中的森林和那位逃亡流浪的主人公。但在《齐格弗里德》中，我不仅发现有许多细节同贝多芬的作品相似，而且与贝多芬同样的精神也贯穿整部作品，无论是诗文还是音乐皆如此。我不禁这么想：贝多芬或许会讨厌《特里斯坦与伊索尔德》，但他定会喜爱《齐格弗里德》；因为后者是德意志传统精神的完美化身。这部乐剧的特点是：既处女般纯洁又粗野，既坦诚又恶毒，充满幽默感和情调，感情深刻，充满血腥和欢乐战斗的旧梦，里面有大片橡树林，绿树成荫，百鸟争鸣。

* * * *

依我看，《齐格弗里德》无论在精神上，还是在体裁上，都在瓦格纳的创作中独树一帜。它洋溢着完美的健康和幸福，像一条大河欣悦地奔流。在喜悦方面，只有《纽伦堡的名歌手》能与它媲美，但在《名歌手》里，你找不到《齐格弗里德》里面的那种诗文与音乐之间的极好的平衡。

《齐格弗里德》是瓦格纳在贫病交加、痛苦不堪的情境下写出来的。这就更激起我对它的崇敬。瓦格纳创作它的年代是他一生中十分悲伤的一段时间。这种情形在艺术创作中很常见。人们总是错误地企图用艺术家的某部作品来诠释他的相应的那段生平，以为“处苦写乐”或“处乐写苦”的情形实属罕见。其实艺术家的创作表现他当时生活的相反面的情形更常见，即表现他当时经历不到但梦想经历的东西。艺术创作的目的就是要填充艺术家经历中的空白，如瓦格纳所说："艺术在生活够不到的地方开始。"一个整日跑跑颠颠的人是极少乐于和善于搞艺术创作的。所以，Borgia和Sforza这样的富贵人才赞助列奥纳多·达·芬奇；历史上的很多军事统帅和统治者才那么喜欢田园和艺术。被过分忙碌整得精疲力尽的人在艺术中寻求安歇；过着狭隘、平庸生活的人在艺术中摄取活力。伟大的艺术家悲伤时写出欢快的作品，欢乐时写出悲剧——且几乎都是情不自禁。贝多芬的交响曲《欢乐颂》(即第九"合唱"交响曲)是他苦难时期的产物；瓦格纳的《纽伦堡的名歌手》是在他的《坦豪瑟》在巴黎上演失败之后马上创作的。人们总想在《特里斯坦和伊索尔德》里找出瓦格纳自己的某段恋爱的痕迹，但瓦格纳本人却说："我整个一生都不曾真正品尝过爱情的幸福甜美，所以我才要为我对它的美好向往筑一座纪念碑：于是我产生了创作《特里斯坦和伊索尔德》的念头。"他创作欢乐而随意的《齐格弗里德》的动机亦是如此。

* * * *

《齐格弗里德》最初的创作动机是同1848年的欧洲革命有关联的。瓦格纳像做别的事情一样，也以极大的热情参加了这场革命。著名的瓦格纳传记作家胡斯顿·斯图亚特·张伯伦同昂利·李希腾贝尔格(Henri Lichtenberger)一道，十分成功地揭示了瓦格纳复杂的精神世界(当然他也带着一定的偏见)，费尽心机证明了瓦格纳一贯是位爱国者和一位德国君主制度的拥护者。我认为他后来可能的确如此，但这并非他个人发展的最终结局。他的行动才是最好的自我说明。1848年6月14日，瓦格纳在致“全国民主联盟”的一篇著名演说中猛烈抨击了(德国的)社会结构本身，并呼吁废除货币及铲除贵族统治的残余。他在1849年所著《未来之艺术品》一书中指出，超越了“地区性的国家主义”(或民族主义)以外，“跨越国家的世界主义”已露端倪。上述一切瓦格纳不仅只是嘴上说说，而且身体力行，为理想不惜牺牲性命。张伯伦自己就引用过一位目击者的话；后者亲眼见到瓦格纳在1849年5月向围困德累斯顿的部队散发过革命传单。他居然没被拘捕或给枪毙，堪称奇迹。我们都知道，德累斯顿被占领之后，当局颁发了抓他的逮捕令，他只好逃往瑞士，护照上用的是假名。如果说瓦格纳后来确实说过，他当时是“一时感情冲动犯了错误”，这也对那段历史无碍。犯错误和感情用事是人生的组成部分，不能借口他在二三十年后对当时作为表示后悔就在他的传记里忽略它们；因为不管怎么说，这些热情和冲动导致过他的行动，激发过他的想像。正是1848年的这场革命，给了瓦格纳创作《齐格弗里德》的直接灵感。

瓦格纳在1848年时还没有在考虑写一部四联乐剧，而只是在打算创作一部叫《齐格弗里德之死》的三幕英雄歌剧；其中，黄金的致命威力将被体现在尼伯龙根的财富中，而齐格弗里德将代表“一名社会主义的拯救者下凡人间，来废除资本的统治”。随着剧情在脑子里酝酿成熟，瓦格纳也接近了他剧中主人公一生的高潮。他梦见了他的童年，梦见了他征服了尼伯龙根的宝藏，梦见了布伦希尔德的觉醒；于是在 1851 年，他写下了《青年齐格弗里德》这部诗歌。齐格弗里德和布伦希尔德代表未来的人类，代表世上摆脱了金钱的奴役后理应实现的新纪元。随后，瓦格纳回过头来，去对（尼伯龙根）传说本身进行追根寻源。于是，沃坦出现了，他是我们这个时代的象征，是个像你像我这样的俗人——同齐格弗里德形成鲜明对比，一个本应如此也必将如此的人。瓦格纳在致罗耶克尔（Roeckel）的信中谈到这个题材时说：“请你盯住沃坦这个人！他毫无疑问是我们自己的化身，是当今时代精神的总结。而齐格弗里德则是我们等待和期盼的那种理想之人，是我们无法造就、而要靠我们的消亡来自造的那种未来的人；我想像中的最完美之人。”最后，瓦格纳酝酿了“众神的黄昏”、“瓦尔哈拉殿堂[①]的倒塌”——比喻我们现行社会制度的崩溃——和人类新纪元的诞生。瓦格纳还在 1851 年致信乌利希（Uhlig）说，这整部歌剧将在这次大革命之后上演。

公众可能会十分吃惊地获悉，他们所欢呼喝彩的《齐

① 北欧神话中主神兼死亡之神奥丁〔Odin〕接待战死者英灵的殿堂。——译注

格弗里德》是一部革命歌剧，是瓦格纳直接用来反对可恨的资本主义的武器，其垮台本应该是瓦格纳乐意看到的结局。他从不怀疑，他在所有这些洋溢着欢乐的乐章里，表现的却是悲伤。

在巴黎暂留后，瓦格纳来到苏黎世。他感到这里的“艺术界令他很不信任；他被迫三缄其口，小心翼翼的局面使他太不适应”，致使他患上神经病，差点死去。他重新捡起中途辍笔的《青年齐格弗里德》，创作它给他带来巨大的安慰。

但是我对自己整天只能搞音乐很不满意。我知道我正在靠一个幻想活着，而这一事实是我惟一值得拥有的东西。我的身体不好，神经越来越衰弱。我完全生活在想像之中，没有足够的活动。这种日子，使我厌倦透顶，但我只能经常打断工作，并做长时间的休息；不然我就会付出长久痛苦的代价……我感到非常孤独。时有死的念头。

我只有工作时才忘掉烦恼，只要一休息，这些烦恼就卷土重来，袭挠我的心头，使我痛苦不堪。艺术家的生活真是壮丽多彩！瞧瞧它吧！但我多想离开它一个星期，过过实实在在的生活啊。

我无法理解一个真正幸福的人怎么能想到献身

艺术。假如我们过得很快乐，我们就不会需要艺术了。只有当现实再也拿不出什么来供给我们时，我们才借助于艺术手段呼喊出我们的需要。只要把青春和健康还给我，让我返回自然，让我有个真心爱我的妻子和美丽的孩子们，我就会马上扔掉我所有的艺术。我说过了——把我久违了的还给我。

因此，四联乐剧《尼伯龙根指环》的诗文如瓦格纳本人所说，是在要不要放弃艺术及有关的一切并重新做个健康、正常、自然的人的疑虑中写成的。同样，他也是在日渐痛苦烦恼的心境中开始创作这些诗文的音乐的。

我经常彻夜不眠；我爬上床，疲备不堪，垂头丧气，想到前面还有漫长的一天在等着我，就一点也不感到开心。他人的社会在折磨我，我逃避它却只是为了自我折磨。我做的一切都让我深感厌恶。不能总是这样下去。这样的日子我再也不能忍受。与其这么活着，不如自杀了好。……我什么也不相信。我只有一个愿望：睡得昏天黑地，让所有人间苦难都在我这里不复存在。我应该可以找到方法让自己熟睡；这应该不会很难。

为了让自己散心，他去了意大利：都灵，热那亚，斯佩齐亚，尼斯。但在意大利这个陌生的国度里，他又感到孤独得要命，变得整日郁郁寡欢，而只好匆忙回到苏黎世。《莱茵的黄金》的欢快音乐就是他在那儿谱就的。《女武神》的乐谱也是他在习以为常的痛苦心境下动笔写的。接着他发现了叔本华，但其哲学只有助于他更加确定和升华了自己本能上的悲观主义。1855 年春他去伦敦举办了数场音乐会；但他病在了那儿，同世俗恢复接触的结果只有使他更烦恼。他发现重把《女武神》捡起来很困难，但他克服了面部丹毒病的不断发作，终于完成了这部乐剧。然后去日内瓦治病。1856 年岁末他开始谱写《齐格弗里德》的音乐，同时特里斯坦的乐思也令他魂牵梦萦。他想在《特里斯坦》中把爱情描绘成“一种可怕的极度烦恼”。这一构思搅得他神情恍惚，终使他写不下去《齐格弗里德》。他仿佛被一股毒火焚烧，只好在《齐格弗里德》的第二幕写到一半时把它丢下，转而疯狂投入《特里斯坦和伊索尔德》的创作。他说：“我想满足自己对爱情的渴望，直至我过足了这把瘾为止。最终我希望把自己裹在大结局里的那面黑旗中死去。”[①]《齐格弗里德》的创作直到 1871 年 2 月 5 日普法战争快结束时才完成，历经十四年，中间数次中断。

---

① 瓦格纳的这些话皆摘自 1851 年至 1856 年他写给罗耶克尔、乌利希和李斯特的信。——原注

上面就是这部英雄叙事诗篇的简短创作史。它或许还能不时地提醒大众，他们在艺术中消遣的这数小时代表着这位艺术家许多年的艰难困苦。

* * * *

您知道托尔斯泰对《齐格弗里德》的一次演出作过有趣的描述吗？现在我把它从托翁的著作《什么是艺术?》中摘录如下：——

> 我赶到剧场时，看见一名穿着紧身马裤的演员坐在一个代表铁砧的物体前。他戴着假发套和假胡子，他又白又修剪过指甲的手一点也不像劳动人民的。他挺着大肚子。随随便便的样子。一身松松垮垮的肉，一看便知是演员装扮的。他举起一把样子可笑的铁锤敲打一柄怪模怪样的剑刃——谁也不会像他那样儿打铁的。人们会以为他是个侏儒，因为他走路时，双腿在膝盖处打弯儿。他时常大喊大叫，张开嘴的样子怪怪的，很滑稽。乐队也发出怪异的声音，就像有好几个互不相关的开头同时响起似的。接着，另一个演员腰里别着支号角、领着一个装扮成狗熊的男子上台了；那“熊”手脚并用在地上爬。接着，那演员松开“熊”，让它朝那“侏儒”扑过去，吓得他拔腿就跑，这次连弯腿也顾不上了。这个长着人脸的演员就代表剧中主人公齐格弗里德。他呼喊了很久，那“侏

儒”以同样方式应答。这时一位旅行者上台了，是沃坦神。他也戴着假发；他放好长矛蠢头蠢脑地坐下后，向咪咪（Mimi）讲述了所有他已明白、但观众还莫明其妙的事情。随后，齐格弗里德抓起一些代表一柄碎剑的碎片，唱道：“嘿哟，嘿嗬，嗬荷！嘿哟、嘿哟、嘿哟、嗬嗬！……”第一幕就这样结束了。矫揉造作、愚不可及得让我差点坐不下去。但我的朋友都恳求我看下去。向我保证第二幕会好一些。

下一场是在一片森林。沃坦正在唤醒巨龙。巨龙起初说“我还想睡呢”；但最后还是从他的洞穴中钻了出来。巨龙由两个男人装扮，穿着上面沾满鳞片的绿皮。绿皮的一端有一条尾巴在摇摆，另一端张开着一张鳄鱼嘴，里边喷出火焰。这条龙本该是条可怕的怪兽，本该吓哭五岁大的孩子，可这会儿却低声说了几句话，软弱、幼稚得让人对有这么多大人在场吃惊不已；竟然有好几千名所谓很有修养的人在认真观看并倾听这样的蹩脚货！还看得如醉如狂。这时齐格弗里德带着号角上场了。他在地上躺了一会儿；这段据说很美；他时而自言自语，时而默默无言。他想模仿鸟的鸣唱，并用号角凑和，权当长笛使。可他的“长笛”吹得太差，只好再改吹号角。这场面实在不堪忍受，里面毫无音乐的踪影。我对周围有三千观众毕恭毕敬地看这出荒唐戏并责无旁贷地表示欣赏很是恼火。

我打起精神，等着下一场——齐格弗里德同巨龙搏斗。只见杀声四起，火光冲天，刀光剑影……我再也受不了了；我逃出剧院；恶心得至今都没有忘怀。

我承认，我每次阅读这段风趣幽默的批评文字时，都会忍俊不禁地发笑；它也不会像尼采那恶毒、病态的冷潮热讽那样，使我感到难受和忿忿不平。过去，看到这两位让我同样热爱、被我同样尊崇为欧洲最优秀灵魂的伟人始终形同路人并互相敌视，我感到很悲伤；我忍受不了这种局面！一位天才，虽无可奈何地被大众误解，竟也出于某种嫉妒的刚愎自用，而拒绝接受对手的讲和，或向其伸出友谊之手，从而使自已陷入更加痛苦的狭隘的孤立状态。可现在我变了，认为这样也许更好。天才的第一美德便是真诚。即使尼采不得不故意误解瓦格纳，那也没什么不自然；换言之，瓦格纳对托尔斯泰来讲如同天书这也很自然；否则倒成了咄咄怪事。他们每人都有自己的角色要扮演，没有必要交换角色。对我们来说，瓦格纳的奇妙梦幻和内心世界的魔术般直觉，同托尔斯泰的毫不留情揭露事实，曝光现代社会的种种弊端，并撕开它用来遮丑的那层虚伪面纱，来得同样有价值。所以，我既崇拜《齐格弗里德》，同时也欣赏托尔斯泰的辛辣讽刺。我喜欢后者的坚实幽默，这是他批判现实主义最具感染力的特点之一，也是使他很像卢梭的地方（他自己也注意到了这点）。两个人都向我们展示了超凡的文化功力，都坚定地主张返回自然。

托尔斯泰粗俗但善意的取笑使我们想起了卢梭对拉莫一部歌剧的讽刺。卢梭在其《新爱洛伊丝》中，也以类似手法损了一通剧院里的这种怪诞离奇的表演。当时，问题也是出在怪物身上，出在“由一个萨瓦人傻瓜扮演的龙”身上；“此人疲软得没有多少龙劲儿”。

“他们向我保证，说他们有大批机械装置，能使这一切运动自如，还好几次提出要表演给我看看；可我对耗费巨大努力，取得甚微成效之事一点不感兴趣……天空由几块挂在木棍和绳子上的蓝布表示！颇像洗衣店的展示……众神的战车由四块搁栅（托梁）框架制成，像秋千那样由粗绳子吊着。然后用几块木板横穿这些搁栅（托梁）架子，每块上面坐着一位神祇。每位神面前都挂着一块乱涂乱抹的布，充当一块可以让其华丽战车在上面停歇的云团……舞台上配备了几扇方方的小地板门，可按剧情要求开合，让妖魔鬼怪从地窖里被突然放出来。若遇到这些魔怪在空中飞的剧情时，只好用几个穿着棕色衣裳的假人代替；有时也使用真的扫烟囱工人，用绳索吊着他们在空中摇摆，直至他们光荣地消失在蓝布做的天空里……

“可你想像不出剧际里回响着多么可怕的喊叫和吼

声……特别奇怪的是，这些吼叫几乎是惟一让观众报以掌声喝彩的东西。顺便一提，他们鼓掌的方式让人以为他们是一群聋子，不时听到几声刺耳的嚎叫就特别高兴，非让演员再把它们重嚎上一阵儿不可似的。我敢肯定观众为这部歌剧中的一位女角儿的干嗥喝彩的方式同他们在集市上为一名江湖医生的骗术欢呼的方式一样——你看着他们表演很受罪，但看到他们表演结束后安然无恙你又特高兴，便心甘情愿地用喝彩向他们表达你的快意。……在这些美妙的声音里（它们确实不但甜蜜，而且美妙），又很有分量地掺进了乐队的声音。请想像一下各乐器'叽里呱啦'地唱了半天，却唱不出一支调子的情形；低音部没完没了地在那儿拖着长腔哼哼唧唧；总的来说，是我今生听到过的最丧气和无聊的东西。我听了不到半小时便感到头疼得要命。

"这一切组成了某种赞美诗的风格，既没调子也没节奏，像念经。若中间碰巧奏出一支新鲜的曲调，便会引来一片跺脚声；观众像是上了发条，会伴着一片闹哄哄的噪音，跟着某个乐师的演奏大声哼唱。总算能感受到片刻久违了的节奏，他们会开心得使劲折磨大家的耳朵、嗓子、胳膊、腿和全身，而去追着一支随时都会逃离他们的旋律去唱……"

我之所以大段引用卢梭的话，是想说明：拉莫的一部歌剧感染他同时代观众的情形同瓦格纳的一部歌剧打动他敌人的情形很想像。怪不得有人说像卢梭是托尔斯泰的先驱那样，拉莫是瓦格纳的先驱；此话不是没有道理。

其实，托尔斯泰的批评不是针对《齐格弗里德》本身的；托尔斯泰比自己意识到的更接近这部歌剧的精髓。难道齐格弗里德的英雄形象不正是直接源于自然的自由而健康的人的化身吗？瓦格纳在1848年写的一篇关于《齐格弗里德》构想的文章中说：

> 追随我心里的冲动是我至高无上的原则；我应该做的就是靠服从我的本能取得我能获得的成就。至于那本能之声是福是祸，这我不知道；反正我要屈从于它，并绝不强迫自己违背我的天性。

瓦格纳利用与托尔斯泰截然不同的方法来与文明社会抗争。如果说两人的努力同样伟大，实际取得的结果却是同样的可怜——人们不得不这样说。

托尔斯泰善意嘲弄的其实不是瓦格纳的作品，而是他的作品被演出的方式，背景、道具的华丽辉煌并没遮掩住其构想的幼稚可笑：那条龙法夫纳，弗里卡(Fricka)的公羊，那头熊，那条大蛇，以及整个瓦尔哈拉动物园一直就是很荒唐可笑的构思。我只想补充说，那条龙没有足够的震慑力，这不怪瓦格纳，因为他从没企图描绘一条可怕的龙。他经过选择，明确赋予这条龙滑稽的性格。无论是脚本还是音乐，都把法夫纳塑造成某种吃人的妖魔，头脑简单的怪物，但首先是个荒诞可笑的东西。

再者，我不禁有一种感觉：舞台现实其实是削弱——而不是加强——这些伟大哲理性作品中的仙境的艺术效果。玛尔维达·冯·梅森布格告诉我，在1876年的拜罗伊特音乐节上，有一次，她正用观剧望远镜十分仔细地观看《尼伯龙根指环》中的一场戏时，两只手伸过来遮住了她的双眼；她听到了瓦格纳不耐烦地对她说："别太注意剧情的发展。用耳朵听！"这是太好的建议了。有半瓶醋宣称，在音乐会上，欣赏贝多芬最后几首作品——里面的音响已经很弱，且残缺不全——的最佳方法，是堵住耳朵读总谱。你也可以不怎么算是悖论的说：观看瓦格纳歌剧的最好方法是闭上眼睛听。它的音乐已太完美，已足够能展开你想像力的翅膀，使你不觉得还需要别的什么来补充；它对你心灵的暗示要比你眼睛所见的丰富、美好得多。有人说，瓦格纳的作品最好是在剧院里欣赏；对此我从不敢苟同。他的作品是史诗般的交响曲。若给它们加上框架，我愿使用神殿；若加上舞台布景，我使用时空无限的思想领地；若加上演员，我则用我们的梦幻。

* * * *

《齐格弗里德》的第一幕是这部四联乐剧中最富戏剧性的戏之一。没有什么比在拜罗伊特更彻底使我感到满足的了，无论是演员阵容还是戏剧效果，那里的都是最出色的。像阿尔贝里希和咪咪这样的奇特人物，别看在法国好像不合时宜，在德国却是深深扎根在人们的想像之中。拜罗伊特的演员们贴近生活的超水平发挥，把这些角色演得活灵活现、栩栩如生，令人赞叹不已。伯格斯塔勒是靠演《齐格弗里德》初露头角的，他当时的表演鲁莽性急，笨手笨脚，倒也歪打正着，正好符合他演的角色。我记得他扮演的主人公铁匠充满激情而毫不造作，打起铁来像个真正的劳动人民，鼓着炉火，把剑刃烧得发红，把它浸在水里直冒白烟，然后放在铁砧上猛敲。然后，一阵放声大笑之后，他唱起第一幕结束时的那首优美的赞歌，听起来像是巴赫或亨德尔作的一首曲调。

可尽管有这些特点，我还是觉得若是在音乐会上聆听这首发自一颗年轻灵魂的赞歌并展开你梦幻的翅膀，效果会好得多。只有在那时，第二幕中森林那魔幻般的絮语才能更直接地诉说给你的心灵听。无论剧院里的林中空地和森林景色布置得有多美，无论聪明的灯光师把灯光打得多么变幻无穷并使之在林间狂舞（现在它给弄得像一组风琴的音栓），我还是觉得在听这段音乐的同时睁着眼睛看剧情实在不妥；因为这音乐可以不靠戏剧协助而展现给我们一个灿烂的夏日，让我们看见摇晃的林梢，并听到风吹拂树叶发出的“沙沙”声。只通过音乐，我们就能感受到周围有千种细小声音的哼鸣和絮语，听到百鸟的美妙歌声飞向蓝天的深处；或飘来一阵寂静，空气中颤动着无形的生机，此时的大自然，带着她神秘的微笑，张开她的双臂，悄然把天地万物都揽进她神圣的怀抱安眠。

* * * *

瓦格纳把《齐格弗里德》丢在森林中休眠，为的是登上《特里斯坦和伊索尔德》中的那条葬礼之船。但他是带着心灵的创痛离开齐格弗里德的。他在1857年致信李斯特道：

“我已把年轻的齐格弗里德领进一片孤独森林的深处；在那儿我把他丢在一棵欧椴树下，眼含热泪向他道别。把他活埋在那儿我感到心痛欲裂，在不得已这么做之前我也有过激烈痛苦的思想斗争……我还会重返他身边吗？不会了，一切都结束了。咱们再也别谈《齐格弗里德》了。”

瓦格纳伤心不是没有道理。他很清楚自己再也找不回来年轻的齐格弗里德了。十年之后他才又把他唤醒。但《齐格弗里德》已面目全非。辉煌的第三幕不具有前两幕的朝气和活力。沃坦成了一个关键人物，带着他的理性和悲观主义走进剧中。瓦格纳后期的理念也许更崇高了，他也更能驾驭自己的天才（想想布伦希尔德醒来那场戏中的古典式的尊贵与端庄吧）；然而青春的热情与欢乐的表达已消失殆尽。我知道大多数瓦格纳的崇拜者不同意我的这个看法；但是除了几页至高至美的音乐和场景之外，我从来没有真正喜欢过《齐格弗里德》结尾处和《众神的黄昏》开头的那几段爱情戏。我发现它们的风格过于浮华和朗诵化，过于雄辩；其过分的凝炼和文雅使之单调乏味。里面的二重唱也显得生硬干涩，露出消沉萎靡的迹象。《齐格弗里德》的结尾处过于沉重，使人想起同期创作的《纽伦堡的名歌手》。前面几幕中的那种欢乐在这里已不复存在。

不过这又有何妨？毕竟欢乐还在里面；毕竟这部作品最初的灵感实在太灿烂了，那些流逝的年华还不足以暗淡它的辉煌。人们可能喜欢看完《齐格弗里德》就打住，而不想接着看忧郁黯淡的《众神的黄昏》。对那些感情细腻敏感的人来说，四联歌剧《尼伯龙根指环》的第四天（指《众神的黄昏》）太伤感压抑。我还记得有观众在这部四联歌剧的末尾洒下伤心的泪水，并记得那天夜里我们在离开拜罗伊特剧院走下山时，一位朋友对我说："我觉得我好像正从我挚爱的某个人的葬礼中走出来"。这的确是个悲悼的时刻。如此庞大的结构（指四联乐剧）却安排了个最后大家都死的大结局，这样安排也许不太合适；至少会使全剧成为卖弄和说教的工具。《特里斯坦和伊索尔德》也是同样的结局，但艺术感染力却大得多，因为它的剧情发展快得多。此外，《特里斯坦与伊索尔德》的结局也很有慰藉力，因为剧中的人生太苦了。可《众神的黄昏》不是这样；因为齐格弗里德和布伦希尔德的爱情虽然被荒唐的符咒镇住注定没有好果，但他们的生活还是快乐称心的，因为他俩都是能爱之人，且死亡对他们而言似乎也是壮丽——而非可怖——的结局。再者，你也不能说，《尼伯龙根指环》像《帕西法尔》那样，浸透着隐忍和牺牲精神；隐忍和牺牲在《指环》里不过是口头说说而已；尽管最后的狂喜驱使布伦希尔德走上火葬的柴堆，但它们却既非该剧的灵感，亦非主人公的乐事。

我常常为瓦格纳创作《齐格弗里德》的最初构思随着岁月流逝而改变感到惋惜。虽然《众神的黄昏》的结局十分辉煌(在音乐厅里效果确实会更好，因为真实的悲剧是以齐格弗里德之死收尾的)，但我还是禁不住带着惋惜地想，从1848年的那场革命中，若能诞生出一部更积极乐观的诗篇，那该有多好！人们告诉我，若那样的话，它就不会那么忠实于生活了。可若是把生命只当成一件坏事来描写，凭什么要那么真实呢？生命无所谓好坏，它只是我们度过的那个样子，只是我们从不同角度看它的结果。欢乐同悲伤一样真实，而且是剧情的一个非常丰富的源泉。在一个伟人的大笑里又有什么灵感呢？所以，让我们还是欢迎《齐格弗里德》里的虽然短暂但闪着灿烂火花的欢乐吧。

瓦格纳在写给玛尔维达·冯·梅森布格的信中说："我偶然正在读普卢塔克写的蒂莫列昂(Timoleon)的生

平。此人的一生结束得非常美满——这在历史上是罕见和闻所未闻的。它对人们很有好处，因为他们可以说，这样幸福的结局也是有可能的了。此书深深感动了我。”

我在听《齐格弗里德》时也有同感。我们极少被允许在观赏伟大的悲剧艺术时思忖或期待幸福；可一旦我们这样做了，我们会发现悲剧里的幸福多么灿烂，并且对一个人多么有益！

“特里斯坦”

《特里斯坦和伊索尔德》像一座高山，雄踞在所有其他的爱情诗篇之上，就像瓦格纳雄踞在他那个世纪所有其他艺术家之上一样。她是一个崇高的构思浇灌出的艺术之果，尽管这部歌剧从总体上看还远没达到完美。就瓦格纳的作品而言，没有一部是完美的。为创作它们需要付出太大的努力，致使谁都无法长期坚持下去；因为他的一部作品可能就意味着数年的呕心沥血。而且一整部乐剧的激烈情感，单靠把一连串灵感随捕随用地编织成剧，也是无法表达充分的。需要付出长期艰苦的工作。那些宛如米开朗琪罗画笔下的巨人，那些具有英雄般蛮力的暴风骤雨，那些骄奢淫逸和错综复杂……这一切都不像雕塑家或画家的创作那样，是在一次性工作或一小段时间之内完成的；相反，它们持续生活并继续生活在无穷尽的感觉细节当中。想要灵感绵延持续，无异于想要人做出非人的事情。天才也许能揭示神圣的东西，但它不可能总是呼吸着这个尘世的废气不断作这种揭示。所以，有时只好请意志（或毅力）来取代灵感的位置，尽管意志捉摸不定，履行职责时常常迟疑和出错。这就是我们在那些最伟大的作品里遇到磕绊和败笔的原因——它们都是人性弱点的痕迹。不过，也许《特里斯坦》里的弱点较之瓦格纳的其他乐剧如《众神的黄昏》为少，因为他的天才之笔在该剧里比在其他地方都更流畅和闪光。瓦格纳本人很清楚这点。从他的通信可以看出，他的灵魂在绝望地同其熟悉的精神搏斗，他不断地把它抓获把握，但只是为了再把它放掉。从中我们好像听到了他痛苦的呐喊，并感到了他的愤怒和绝望。

"我从来不敢告诉您，我其实是个特别不幸的音乐家。在我内心深处，我清楚我是个粗制滥造者和彻底的失败者。每当我自言自语'该写点什么了'，并坐在钢琴前拼凑出点可怜的垃圾、然后再像个白痴似地把它扔掉时，您真该在我旁边看看我。我很清楚我生产的是哪种音乐垃圾……相信我，别指望我会写出体面的东西。有时候我真觉得，是莱西格①启发了我写出《坦豪瑟》和《罗恩格林》的。"

---

① Reissiger，1798—1859，德国作曲家，多产但无创见。——译注

这就是瓦格纳在完成这部惊人的艺术杰作后给李斯特写信的内容。米开朗琪罗在1509年以同样的口吻致信父亲说："我十分痛苦。我不敢开口向教皇要任何报酬，因为我的作品没有取得足够的进步，不值得任何酬劳。这次创作太难，而且确实不是我的专长。我正在毫无目标地浪费时间。愿主帮助我！"此时他已在西斯廷小教堂的天花板下工作了整整一年。

此话决不仅仅是表白一通谦虚。谁也没有米开朗琪罗和瓦格纳那么自傲；但两人也像受伤那样痛感到自己作品中的不是。虽然这些不足瑕不掩瑜，无损于他们的作品成为人类灵魂的伟大结晶，但它们毕竟存在，抹杀不了。

在此我并不想多谈瓦格纳乐剧的内在缺陷；它们其实都是无法在舞台上表演的戏剧性或史诗性交响曲，在剧场演出丝毫不能使其增色。《特里斯坦》尤其如此；其中所描述的感情风暴与舞台上拘谨而冷冰冰的表演常规之间的差距如此之大，以致在某些地方（如第二幕）会使观众感到诧异和别扭，甚至荒诞。

尽管承认《特里斯坦》是一部不适于作戏剧表演的戏剧性交响乐作品，但它仍然有其缺陷，首先就是它首尾不均匀。第一幕的管弦乐配器经常太单薄，剧情缺乏完整性，有一些不连贯的地方和许多漏洞，旋律线常常吊在半空中落不下来。从头至尾，抒情性的旋律爆发常被慷慨激昂的朗诵打断，更糟糕的是被专题演讲打断。狂热的激情旋风常嘎然而止，让位给宣叙性的口头解释或争辩。虽然这些宣叙部几乎总能起到缓解紧张的巨大作用，虽然这些形而上的（抽象的）梦幻和沉思具有一种让人赏心悦目的粗俗但又狡猾的性格，但由于剧中的纯诗歌、情感和音乐的流动之美是这样崇高和突出，使得这种音乐＋哲理性戏剧的“音乐戏剧”体裁只能让人对钳制和束缚音乐的剧中其他成分（哲理和戏剧等等）倒胃口。

既便是《特里斯坦和伊索尔德》的音乐部分，从整体来看，也不是没有瑕疵的，因为它也缺乏连贯和整体性。瓦格纳的音乐是由各种不同的风格组成的，里面有各种意大利风格、德国风格甚至法国风格；有些高尚，有些平庸；你不时会感觉到它们在连贯性和统一性上的蹩脚之处，以及它们形式上的不完善。有时候，也许两个同样新颖的乐思凑到一起，由于对比太强烈反而互相糟踏了对方。马可王[①]的那段出色的哀悼咏叹被处理得过于有节制、过于高贵和藐视外在宣泄，致使其纯洁、冷清的智慧灵光在那段热烈如火的二重唱之后全然消失不见了。

全剧不平衡的地方处处可见。由于该剧十分宏大，这

① King Mark，《亚瑟王传奇》中的康沃尔王，伊索尔德的丈夫，特里斯坦爵士的叔父。——译注

种缺陷几乎不可避免。一部平庸之作往往很容易做到结构均衡、无可挑剔；而起点很高的鸿篇巨制倒很少达到完美。这就如同小山小草、小桥流水的风景比高峰洪流、冰川风暴的地形更易达到和谐优美、悦目赏心的境地一样；因为高度有时可能破坏和谐的画面并毁掉优美的效果。《特里斯坦与伊索尔德》的某些精彩篇章正是如此。比如第二幕里，伊索尔德在那个充满欲望的夜里期盼情人时吟唱的那段讲述内心极度苦恼的台词。又比如，第三幕里，受伤的特里斯坦神情恍惚的躺着等待那艘把伊索尔德和死亡同时带来的船时的情景。此外，《特里斯坦与伊索尔德》的前奏曲也是神来之笔，它表达了一种永恒的欲望，就像永不停歇的大海不断拍击海岸那样。永远吟唱着。

* * * *

《特里斯坦和伊索尔德》最深深感动我的地方，莫过于这个被他的敌人看成是惯用虚假做作粗俗的物质手段来标新立异哗众取宠的假充内行者瓦格纳在剧中体现的真挚和诚实了。还有哪出戏在表面效果上比《特里斯坦》更适度认真，不事渲染和更高傲的呢？它的适度节制几乎到了苛刻的程度。瓦格纳舍弃了剧中所有与主题无关的景色描写。这位把整个大自然囊括胸中、随心所欲在《女武神》中掀起风暴并令（基督教）受难节的微弱灵光放出异彩的伟人，竟在第一幕中不肯描绘一点那条航船周围的大海。请相信我，这肯定是瓦格纳作出的牺牲，是他不得已而为之。他更想看到这出惨剧完全局限在悲剧范畴的空间之内。剧中几乎没有合唱，没有任何多余的东西分散你对人的灵魂这一微妙世界的注意。剧中只有两上真正的角色——即这对恋人；如果说还有第三个角色，那它也属于命运之神，两位牺牲者的命运掌握在其手中。在这出爱情剧中，有着多么严肃的立意啊！它的激情始终适度、清醒和冷峻；里面没有欢笑，只有一种近乎宗教般的信念，其真心实意和虔诚或许超过了《帕西法尔》。

一位剧作家牺牲所有繁文缛节和空洞套话，只为把主题完全集中在两颗心灵的内在世界上，这是给所有其他剧作家都上了一课。瓦格纳尽管有这样那样的缺点，但在这上面却是我们的老师，是一位比他那个时代所有其他文学和戏剧作家都更出色、更强大、更能给人以教益的老师。

* * * *

我看到批评在这篇文章里占据的分量更大；这并非我的本意。尽管如此，我还是热爱《特里斯坦和伊索尔德》。对我及我的同时代人来说，它长期以来一直都是一剂清心健脑的良药。任何时候，它的宏伟高尚都不会褪色。岁月流逝，它的美依然如故。在我心中，它是自贝多芬去世以来人类达到的最高艺术境界。

然而，前两天晚上，我在聆听这部作品时，还是不禁在想：哦，瓦格纳，有一天你也会去的，去见格鲁克、巴赫、蒙特威尔弟等这些仍活在人们心中的大师。这些伟人的英名虽被人铭记，但他们的思想却只有少数试图复兴过去但成效甚微的内行才能理解和感受。瓦格纳虽然持续照耀过我们的青春，是我们生与死、欲求与舍弃的强大源泉，从中我们曾汲取过道德力量去抵抗世俗，但他毕竟也已成为过去。当今世界，追求新感觉的风气日盛，在此起彼伏永不停歇的欲望大潮中继续前进，其观念已经更新；新潮音乐家正在为未来谱写新曲。所以，这历经百年的风暴之声也会随着你瓦格纳的离去而成为历史。